红色小小说精品书系

远逝的雄鹰

练建安　主编

海峡出版发行集团　福建少年儿童出版社

序 言

  小小说，亦称"掌上小说""微篇小说""微型小说"，或"超短篇小说"，其显著特点是篇幅短小、立意新颖、结构严密、结尾新奇巧妙。小小说在字数上有较严格的要求，一般每篇数百字，多则不超过一千五百字或两千字。

  在我国，小小说的历史可以远溯至《山海经》，可谓源远流长。新时期以来，我国小小说创作应运勃兴，群芳竞秀，繁荣发展。

  在我国，每年有大量小小说在报刊及网络上发表；有一百多名小小说作者加入中国作家协会，加入省级、市级作家协会的则数以万计；三百多篇小小说佳作编入海内外大中专及中小学教材；全国各省（自治区、直辖市）几乎所有中学都曾将当代优秀小小说列入语文试卷或语文作业题。

  鲁迅文学奖是我国享有最高荣誉的文学奖项之一。2010年2月至4月，中国作家协会组织开展第五届鲁迅文学奖评奖，从此，小小说开始以短篇小说的形式，与散文、诗歌等诸多体裁与门类共同参评。这是对小小说文体的充分肯定，具有里程碑意义。

  红色小小说在"培根铸魂""以文化人""传承红色基因"中，发挥着重要而独特的作用。《七根火柴》《金色的鱼钩》《丰碑》《三人行》《灯光》《普通劳动者》等小小说，更是中小学生耳熟能详的名篇。

福建少年儿童出版社一向高度重视主题出版工作，可谓硕果累累。为更好地发挥"红色小小说"的育人作用，福建少年儿童出版社研究决定，委托我们组织编辑"红色小小说精品书系"。

　　我们通过"微信"向全国小小说作家发出了"红色小小说精品书系"征稿启事，要点为：一、征集在报刊发表过的"革命斗争故事"小小说；二、征集在报刊发表过的体现革命者高风亮节的小小说。

　　纵观来稿，有如下显著特点：一是作者文学"层次"高，多数为中国作家协会会员、全国小小说大赛获奖者、各省（区、市）小小说学会（沙龙）骨干成员；二是作品"档次"高，大多在省级以上报刊发表，被多家选刊转载，或入选年度选本、排行榜，或入选中学语文试卷，或为获奖作品；三是作品充满正能量，表现形式多样，精彩纷呈。

　　阅读"红色小小说"，是在艺术形式上、精神上重走无数革命前辈"不忘初心，牢记使命"的烽火征程。掩卷长思，不由得让人想起那句真挚感人的话："没有什么岁月静好，只是有人为你负重前行。"

练建安

2021年7月1日

目 录

1 　远逝的雄鹰 / 冷江
6 　闹钟在行动 / 冷江
10　傍晚七点钟 / 杨晓敏
15　庄重的军礼 / 凌鼎年
17　血经 / 凌鼎年
20　差一点儿 / 申平
24　蒙古马 / 申平
28　贾妮儿 / 李立泰
33　军歌作证 / 高杉
38　毛线手套 / 高杉
42　闺女老师 / 王培静
46　前方后方 / 王培静
49　将军的茶语 / 吴跃建

51　兵王的最后一击 / 吴跃建
53　要死就死在战场上 / 李伶伶
57　父亲的排箫 / 李伶伶
61　烈士 / 袁炳发
65　那个让姨奶想疯了的人 / 袁炳发
68　那团青稞面 / 陈振林
72　草地星火 / 孙殿成
76　纸飞机 / 林朝晖
81　传家宝 / 慕榕
85　守望 / 尹小华
88　一支老枪 / 何君华
92　神秘的手势 / 李晓东
95　再给我吹个哨 / 赖大舜

99	残画 / 钟茂富		
103	拒绝 / 骆驼		
107	奔生 / 李永康		
111	造盐兵 / 杨国栋		
115	大别山 / 侯发山		
119	米脂婆姨做的布鞋 / 谢志强		
123	耳朵 / 谢志强		
128	摘星 / 刘国芳		
132	芦苇花 / 刘国芳		
136	最长的线 / 司玉笙		
140	指头上的旋律 / 司玉笙		
142	一座山，两个兵 / 陈永林	146	过河 / 高军
		150	茶油薯包子 / 练建安
		154	一件棉大衣 / 练建安
		158	葵花秆里的高粱米 / 于博
		162	医者 / 蓝月
		167	让我来陪你 / 朱红娜
		171	黎明 / 迟占勇
		173	推动 / 郑武文
		177	后记

远逝的雄鹰

○ 冷　江

　　他这几天心情不好,今天比平日晚了一刻钟出现在云嫂小吃部,还是在最靠里的那张小方桌前坐了下来。

　　从这个角度,他能最大化自己的观察视野,随时对环境做出应急预判,这是他多年的职业习惯了。每次来,他都一个人静静地坐着,一边默默地享用早餐,一边漠然地注视着周边的一切。他就像一只孤独的鹰,他的锐利是深藏的,可他的警惕是无时无刻存在的。只有在电光石火的那一瞬间,你才能发现他是鹰,而不是一只普通的鸟。

　　可惜,这只"鹰"已经是一只快要退休的鹰了。他二十多岁来到这偏僻的小镇,一干就是三十年,比他晚来的都调县局当局长、副局长了,唯有他在这山窝窝里生了根。很多人不理解,甚至怀疑他是不是犯了错误或者另有企图。但他总是淡淡一笑,乐此不疲,该干啥干啥。

　　可是再要强的人也逃不过岁月的磨砺。眼看着身板一天不如一天硬实了,腰也不如以前那么挺拔了,头上还一个劲儿地往外冒白发,他变得越来越敏感。只要有人多看一眼他的头发,他就条件反射似的急忙辩解："我可不老,我要跑起来,十个年轻人也不是我的对手!"

只有云嫂最懂他。客人再多,云嫂也每次都给他留着靠里的这张小方桌,像守护着自己的地盘一样,不让任何人靠近。她只需默默地瞥一眼,就能知道他那一刻的心情,就能相应地端出最适合他口味的吃食。这份默契,只有他们两个人彼此心领神会,不需要太多的语言。

以前,云嫂当家的还在时,也有人嚼舌根,云嫂也不避讳,当着她男人的面大声说:"没错,我喜欢他!一个外乡人来咱这鸟不拉屎的穷地方,天天把脑袋别在裤腰带上,为咱大伙儿的安全,一干就是大半辈子!就冲这,我说他是真爷们!"

十年前的一个晚上,云嫂的男人从县农行取款回来,就在离镇上不到两里路的山洼里,莫名其妙地被杀害了。这桩案子没有头绪,当地相关部门查了很长时间,最后不了了之。

她和女儿相依为命。女儿在城里上大学,一年才回来一趟。云嫂一个人撑持着这个小吃部。

他对这个案子耿耿于怀,心里一直觉得欠这娘俩。除了每天雷打不动的早餐外,平日里只要不忙,有事无事,他都要来小吃部转上几圈,哪一天不来,总觉得身上不得劲。

这天,他一坐下来,就隐隐觉得似乎哪里不对劲,但又说不上来。云嫂端了一碗薄皮馄饨过来,轻轻放在桌上,却没有马上走开。他拿起汤匙,舀了一口汤送进嘴里,突然对云嫂说:"今儿个这汤怎么有点儿不对味啊?"

云嫂看着他喝汤,淡淡地说:"汤还是老汤,没变,是你大所长的口味变了吧？"

他抬起头，怪怪地看了云嫂一眼，沉声说："你知道了吧？我下周就要'被退休'了！"

云嫂"啧"了一声，没说话。

他继续说："我就说我不老，我还能干！可没人听！"

云嫂默默站着，还是不说话。

见云嫂始终不作声，他站起来，拿起桌上的帽子扣到脑袋上，整整衣领，往门外走。突然，他像被大黄蜂蜇了一下，脸上肌肉一下子抽紧，一步步退回到小方桌旁。很明显，他发现了什么！此刻，他的心情极度不平静。他坐了大约半个时辰，一句话没说。临走前，他压低声音对云嫂说："这两天，早点收摊子，拴好门！"

第二天，从早上到晚上，他一直没有出现在小吃部。第三天，他还是没有出现。云嫂有些着急了。她开始后悔那天自己没把话说明白！

第四天，就是他说的"下周"，也是他要坐火车离开的日子。云嫂比往日早了一个多时辰开门，眼巴巴地望着门外，心里想着那个安安静静来、安安静静走的老主顾。云嫂从早上望到中午，从中午望到晚上，可他始终没有出现。她太熟悉他了，隔着几里路，她都能闻见他身上的气息；闭着眼睛，她都能知道他的一举一动。可是，现在这个最熟悉的人就此消失了。她突然冷笑起来，好啊，真是铁面无情的公安啊！

就在她准备打烊关门时，民警小刘冲了进来，焦急地对她说："云姨，快去镇医院看看吧！老所长怕是不行了！"

云嫂的脑子"嗡"地一响，脸色变得雪白。

镇医院的急救室里，老所长静静地躺在那里，手臂上插着针管，旁边围了好些医生和护士。云嫂一下子扑了上去。老丁！老丁！你怎么啦？你不是坐火车回家抱孙子去了吗？

她掀开他身上的床单，惊叫起来，所长老丁全身都被鲜血染红了！

云嫂大声喊起来："你们快救救他呀！他可是要退休的人啦！"

医生面色凝重。

小刘在旁边哭着说："老所长一直没有放下十年前的那桩命案，这几天犯罪嫌疑人终于现身。在今天的抓捕行动中，所里本来没让他参加，可是犯罪嫌疑人劫持了一个五岁的幼童，老所长在跟犯罪嫌疑人谈判时，没想到……就这样，老所长还是生擒了犯罪嫌疑人！呜呜呜！"

云嫂瞪大眼睛听着。突然，她把耳朵凑近老所长。只见老所长脸上挂着笑，嘴唇微微翕动，一字一顿，艰难地吐出一句话："我发现自己老了，真的老了！"

说着说着，老所长渐渐没了声息。

"哇"的一声，像决了堤的河水，云嫂大哭起来。

窗外高远的空中，一只雄鹰渐渐远逝。

妙笔鉴赏

　　通篇读下来,一位敬业爱民的老公安的光辉形象呼之欲出,感人至深。作品中的派出所老所长老丁没有什么豪言壮语,也没有什么轰轰烈烈的丰功伟绩。他在云嫂的小吃部出现,一如普普通通的顾客。老丁不服老,甚至还有一些小孩脾气,但多年的职业磨砺,使得老丁"就像一只孤独的鹰,他的锐利是深藏的"。就在退休的前几天,面对十年前一起命案的犯罪嫌疑人时,他主动参加抓捕行动,可未曾料到,他就此倒在了战斗的岗位上。"窗外高远的空中,一只雄鹰渐渐远逝。"此句有着极为强烈的象征意义。

闹钟在行动

○ 冷 江

当萧子骏猛然惊醒过来时，头依然有些昏昏沉沉。他急忙去看时间，已是凌晨一点！他清清楚楚地记得自己设定的闹钟是午夜十二点的。也就是说，现在的时间比计划的时间整整晚了一个小时！

这一个小时的时间，对方完全有充分的机会找到那间病房，并化装成医生或护士，轻而易举地将目标转移，从而使他丧失最佳动手时机。

一定有人趁自己熟睡时进入房间，对闹钟做了手脚！

他盯着桌子上的闹钟，面无表情，其实脑子里却像过电影一样，从昨天下午三点接到指令，直到晚上九点进房间休息，这次行动的计划，他没有跟任何人说。难道消息泄露了？只有三个人有作案条件，他们分别是负责看门的老张头、负责做饭的大李，还有组织上安排与他假扮夫妻的小刘姑娘。

三个人中，最容易动手脚的是小刘姑娘，但她恰恰是最没有可能的人，因为她全家都被鬼子杀害了，她与鬼子不共戴天，怎么可能破坏这次行动呢？

其次比较容易进入他房间的是大李。昨天晚饭后，自己头脑一直昏昏沉沉的。会不会是他在饭菜中做了手脚，等自己入睡后偷偷进入房间？但也说不过去，因为所有人都吃了同样的饭菜，为什么其他人没有反应？

老张头是最不可能进入自己房间的，因为他是个瘸子，走起路来一摇三晃，不可能没有一点儿动静。只要发出哪怕那么一丁点儿声响，隔壁房间的小刘也会察觉的！

那么，谁是那个对闹钟做了手脚的人呢？

他把目光再次投射到床头那个闹钟上。这是一只崭新的小闹钟，昨天上午他在钟表店（其实是中共地下交通站）接到指令时买的，只有拳头那么大。钟表店老板，也是他的同志于二虎亲自上的发条，不可能发生时间偏离。

在推理不出可靠的线索时，最好的办法就是人为诱导，制造线索。他决定引蛇出洞！

他悄悄来到窗前，轻轻打开窗户，悄无声息地上了窗台，顺着墙边一根热气管道迅速滑了下去。

五分钟后，他来到后院敲击门环。门"吱呀"一声打开了，他探出一个脑袋，迅速向门两边瞧了瞧，是老张头。他迅速闪进院子，老张头一句话也没说，拴上门后兀自进了门房。

他来到左厢房大李住的房门前，故意咳了三声，然后迅速闪进自己的房间，跨越门槛时还故意绊了一跤。大李和小刘都没有动静。于是他再次果断地飞跃出窗。

半个小时后，他在房间里召开了行动组紧急会议，安排对钟表店老板于二虎进行二十四小时严密监控，同时要求随时准备撤离，以防不测！

会后，他第一时间向组织汇报行动计划，要求立即控制钟表店老板于二虎，并进行秘密审查。关于为什么是于二虎，他汇报了甄别叛徒的推理过程：首先，这次行动在他这个联络点只有他一个人知道，其他三个人都不可能知道，一旦有人知道，那就可以肯定这个人是叛徒；为此，他将计就计，从窗户出去再大摇大摆地回来，就是要试探这三个人，只要其中任何一个人的行为显示出惊讶和异常，就几乎可以断定这个人知道行动计划；由于三个人都表现正常，所以他果断排除了联络点内部出了叛徒的可能，那么外围是谁最有可能知道计划内容，还有条件对闹钟做手脚呢？他把关注点聚焦到了钟表店老板身上，而且在自己第一时间连夜赶到钟表店时，老板虽极力保持镇定，但他还是从老板的眼神里捕捉到了一丝慌乱。

同志们都对他竖起了大拇指！上级领导宋为民同志率先站了起来，热烈鼓掌，说："很好，萧子骏同志，祝贺你通过了这次考试。我们都要感谢这个闹钟，是它为我们导演了整部剧！"

这时，于二虎不知从哪里冒了出来，走到萧子骏面前，紧紧握住他的手，说："好小子，差点儿要了我的命啊！你这战斗英雄一下子成了侦察英雄了！"

萧子骏也笑了。当初领导安排他从作战部队转入地下工作时，他心里还一直没底呢！

★ 远逝的雄鹰

妙笔鉴赏

为了测验一位从作战部队转入地下工作的同志的综合能力,组织上精心设计了一个"闹钟"骗局。萧子骏经过缜密的逻辑推理后,采取了果断的行动,顺利破局,通过了测验。作品惊险紧张,扑朔迷离,反映了地下斗争的艰险。作品采用了典型的"欧·亨利式"结尾,故事情节突然逆转,既在意料之外,又在情理之中。

傍晚七点钟

○杨晓敏

傍晚七点钟，哨所照例开过晚饭。

副排长、老兵和新兵三个人，一溜儿钻出伙房，恹恹地站在了精气如剑的斜阳下。

新兵慵散地伸了个懒腰，抱怨说："真没劲，要是在屋头，这时候肯定和我妈我爸在看电视新闻了，这鬼地方……"他没说下去。

"得了，忍着点吧！"副排长眯着眼睛，望望硕大无朋的太阳，"要是我爹活着的话，我真应该给他搬把躺椅，放在葡萄架下，泡上一杯清茶，他喜欢这样。对他来说，萤火虫是演员，蚊子就是歌唱家。"他爹生前瘫痪了好几年。

"这么说……"老兵拧紧眉头，怀疑地盯住他，"你爹当真死了？有多久了？你果然是个不肖子孙！"

副排长把手插进裤兜里揉搓一阵，又空手出来做了个摊开的动作："两个月前，连长在电话里告诉我我爹病危的消息。当时排长接兵去了，你知道我无法要求退伍！"

"我没说你不是哨所的大功臣，可你是个不肖子孙！为了替你尽孝，你妹妹连大学都没敢报考！"

一只叮当作响的罐头盒，像只摇头摆尾的小狗，准确地旋落于他俩中间。新兵趋身过来嚷道："别磨嘴皮子了，尽是废话，忠孝不能两全，辛苦我一个，幸福十亿人嘛……"

副排长与老兵相对无言。他俩同年入伍，在这海拔五千米的喜马拉雅山哨所，一块儿待了五年。

新兵用脚拨拉着罐头盒，按捺不住："喂，世界屋脊上的'国脚'们，今天咱们玩哪种？"

哨所坐落在青藏高原西南方最偏僻的一隅，和祖国内地保持着两个小时的时差。早晨，天亮得晚；黄昏，天暗得迟。加上高寒夜空星月闪烁的大气层，夕阳西坠之后，辽阔的雪山、草原显得神秘莫测，犹如与世隔绝的外星球一般。生活在这里的人，常会被这漫长的时光弄得手足无措、神经错乱，因为白天总是无止境的长，仿佛只有太阳神不歇息地在天上巡逻。倘若按夏时制作息的话，子夜零点时分，西天的峰峦背后，太阳才会收尽它周围的亮斑。

接下来他们要玩的这种游戏，其实十分简单、幼稚，听起来更使人兴味索然。哨所周围是相对平坦的高山台地，枯黄的杂草构成色彩单调的大甸子。每天吃剩的罐头盒被利用起来，充当着"足球"的角色。一种方法是三个人大致横成一排向前推移，执球者可以随时踢向另外两人中的一位，接球者必须在球未停止滚动前用脚截住，并重新踢出去。如果球路偏出规定的大致范围，即算作违例。违反规定者要接受惩罚，即在草地上翻一个跟头。第二种方法是沿途设有许多"大门"，三个人拼抢，踢进最多的为赢，否则受罚。每五个球核算一次。假若他们踢的是制式足球，这些游戏本该是幼儿园孩子们的事。难度就在于他们踢的是罐头盒，不规则的形状带来许多制约，常因为球路刁钻古怪，不尽如人意地改变方向，逗得他们哭笑不得。他们一会儿捧腹，一会儿争吵，或者为某一球的得失争论得面红耳赤。为踢出某些出人意料的技巧，他们又不遗余力地不断总结经验。几乎每天晚饭后，他们都在亢奋的情绪中打发这孤独而寂寞的时光，宣泄尽年轻人剩余的精力。踢罐头盒是哨所为数不多的游乐中持续最久的一个"传统保留节目"。

今天他们玩第一种方式。

"当——"新兵开球了，罐头盒一个漂亮的弧旋直射老兵脚前。老兵丝毫不敢怠慢，左脚轻盈一挡，右脚跟进狠命一点，球紧贴地皮，像地鼠一样窜溜到副排长跟前。副排长起脚直射，谁知球一个鲤鱼打挺，斜着一个拐弯，他踢空了。副排长自认倒霉。他不情愿地翻了一个跟头。

老兵冷眼相视，说："活该，谁让你不孝。"

副排长拍掉身上的草屑，喉结上下蠕动几下，咽下一口唾液。紧接着，他突然起脚，把罐头盒向老兵踢去。这球凶猛异常，本来可以使老兵猝不及防，可惜他踢得太偏了，超出了规定的距离。新兵判副排长违例。他只得悻悻地翻了一个跟头。因看不惯老兵又一次瞥来的眼神，他便挖苦说："其实，你比我更昧良心，让翠翠守活寡。"

几乎是致命一击，老兵的脸"腾"地红成酱色："你……就你知道得多。"

"哼！不然你儿子也该四岁了。"

老兵语塞。他入伍时已二十一岁，在他爹的恳求下，他和未婚妻翠翠领了结婚证。在离开家乡的前一天，他爹又逼他和翠翠举行了简单的婚礼。他不愿回忆那个令人煎熬的新婚之夜。他怏怏地坐在椅子上，浮想联翩，一根接一根地抽烟。翠翠两腮泛红，含情脉脉，望着冷若冰霜的夫君，暗自流泪。直至红烛燃尽，雄鸡破晓，一对新人都相对无言。这时候，一阵锣鼓响，他知道该与故乡、亲人告别了，才猛地抹了抹眼，说："翠翠，我这是为你好。"

趁老兵沉吟着，再介绍一下与踢球有关的事。踢球时，他们总是两手随便地插在裤兜里，就像街市里那些闲散在路两旁的游人一样。这时候，西斜的太阳极容易被几团立体感很强的云朵遮住，随着云朵的运动，灿烂的光线在厚薄不匀的云层下透出来，会呈现出各种艳丽的图案来。黄澄澄的暖人，红艳艳的刺激，灰赭色的让人费心猜疑……总之，边境上的确每天都有一个令人愉快的黄昏。他们踢球时极少说话，因为很多词汇都被重复来重复去，听到它们，只会让人感到一阵腻味而不能容忍。只有在万不得已的情况下才开尊口，否则他们宁愿用眼神和面部肌肉来表达某些意思。然而在踢球时，他们都从不马虎，劲射时腮帮鼓胀，斜勾时潇洒从容，绝不亚于球星贝利当年练球时的认真劲儿。罐头盒一路上叮叮当当响个不停，宛如天庭里迷人的音乐，在大自然一个被人遗忘的角落里，怡然自得地鸣奏销魂幻想曲。他们酷似绿色精灵般地跳跃着，舞蹈着，使亘古不变的雪山、莽原不再寂寞，不再死气沉沉，昭示和焕发出旺盛的生命力。

新兵"啪"地一脚踩住老兵踢来的球，先自认受罚，翻过一个跟头后，对副排长刚才的话若有所悟，抬头望老兵："你真的那么憨？连关在屋头的新媳妇都不敢碰？"

看来不说不行了，老兵恼了："咱这儿是什么地方？是哨所，是边境线。我不能误了翠翠一辈子。"

"踢吧！"老兵狰狞着面孔吼道，新兵不敢再饶舌。由于神不守舍，老兵踢球、接球频频失误，只好连续受罚。到目的地时，他已经翻了十八个跟头中的十三个，沾得一身都是草屑。最后，新兵一脚劲射，罐头盒完成了使命。

残阳跌到西山坳中。西山坳依然升腾着一派亮光，和黎明前的鱼肚白差不多。

他们开始做最后一项工作，摆罐头盒。这一带有一堆一堆的罐头盒。他们每次都把踢来的罐头盒摞在一起，叠成金字塔形状。

他们照例在溪水旁抹了一把脸，仰头望哨所。远远的，哨塔只有罐头盒垒起来的"金字塔"那么大。

西天不再有亮斑。新兵看看表，时间刚好是二十三点整。

起风了。

妙笔鉴赏

文学作品中的细节，可以小中见大，细处传神，把人物的精神世界和性格特征血肉丰满地表现出来。《傍晚七点钟》可圈可点的地方很多，但让读者印象深刻的是那落日余晖之中的高山"足球场"和"足球比赛"，空空的罐头盒成了他们独特的道具。同样写的是戍边卫士的孤独寂寞与坚守牺牲，与作者的另一篇著名作品《孩子的童话》不同，《傍晚七点钟》是"正面描写"，夹叙夹议，重在细节传神。

庄重的军礼

○凌鼎年

　　从老山前线换防下来，一个个军人累得疲惫不堪，恨不得先美美睡上三天三夜再说。刘丰收硬撑着坠铅似的眼皮，连夜给村上的莲芳姑娘写了一封信。就如泄洪闸一下子打开，这封信宣泄了他淤积在心头的全部感情，写得灼热而坦诚，无遮无盖。

　　打这封信寄出后，刘丰收的心就飞向了家乡，飞到了莲芳身边，但是部队要总结、整顿，暂时还不能放假，他盼信盼得望眼欲穿，想回去想得归心似箭。

　　他忘不了上次探亲时，纯洁热情的莲芳姑娘主动约他在村后小河边见面，可他刚刚接到归队的加急电报，部队马上要开赴老山前线了。他懂得一旦上了战场，军人的生命就不再属于自己了，随时可能为了祖国的尊严献上自己壮丽的青春。战场也是无情的，万一伤了残了，岂不连累了花一样美丽纯洁的姑娘？他想得很多很多，幸福与苦恼交织在一起。终于，他婉言谢绝了莲芳捧出的一片真情，一身轻快、无牵无挂地上了前线。

　　猫耳洞的日子很艰难。然而，刘丰收想到后方有莲芳这样纯情而大方的姑娘，心里甜滋滋的，幸福感储满心窝，他决心捧回个军功章献给莲芳,作为爱的礼物。

战斗中,有的战士牺牲了,有的战士残废了。评功会上,刘丰收像大多数战士一样,含着泪主动把立功的名额让给了烈士,让给了为了祖国而失去光明、失去四肢的战友。

部队终于放假了,刘丰收心急火燎地赶回了老家。

他兴冲冲地来到了莲芳家。没想到铁将军把门,一连三天不见莲芳人影。

再三打听,他才得知莲芳已与邻村的二级伤残、一等功臣谈上了。乡里传着莲芳把青春献给为祖国而伤残的战斗英雄的佳话。不知为什么,乡亲们迟迟没把这事原原本本地告诉他。

刘丰收默默无语,一夜翻来覆去,直到鸡啼天晓。

朝霞满天,晨风拂面。刘丰收站在村口,恭恭敬敬地向莲芳的家敬了个庄重的军礼,然后踏上了回部队的归途。

妙笔鉴赏

南疆卫士刘丰收即将奔赴战场,他婉言谢绝了"纯洁热情"的莲芳姑娘,把自己的爱恋深深地埋在了心底。当他在战场上凯旋,回到家乡时,得知心爱的姑娘已经嫁给了"邻村的二级伤残、一等功臣"。"一夜翻来覆去",第二天清晨,"刘丰收站在村口,恭恭敬敬地向莲芳的家敬了个庄重的军礼,然后踏上了回部队的归途"。他离开时,"朝霞满天,晨风拂面",既点明了故事发生的时间,更预示着光明与充满希望的未来。

血　经

◎凌鼎年

1937年的初冬，天冷得格外早。风把古庙镇刮得昏天黑地，时而如野狼嚎叫，时而如老妇饮泣。

从昨晚起，庙里就收容了不少从江边乡下逃来的难民。

难民们悲愤地哭诉着日军登陆后的暴行。即便侥幸逃出，难民们仍惊魂未定。

弘善法师刚开始还喃喃自语着"罪过、罪过"。听着听着，他把牙齿咬得"咯咯"作响，悲愤得血都要喷出来了。

弘善法师每晚都要诵经念佛，超度亡灵，但依然难以排遣心中的悲愤。他知道，抗日游击队几乎遍布各地，他们正用青春与热血与日寇做着殊死斗争，但佛家弟子不能杀生，他很是苦恼。弘善法师每每想起先哲顾炎武"天下兴亡，匹夫有责"的格言时，心中就产生一种冲动，觉得自己应该做些什么。他想，抗日志士在为国为民流血，佛家弟子又岂能袖手旁观呢？

终于，弘善法师决定：写血经！他想通过这种行为谴责侵华日军的暴行，并为在抗日战争中献身的中国军民祈福。

说干就干，他每天清晨用针刺破手指，挤出一些血来，用以抄写《妙法莲华经》，前后花了近一年时间，终于抄完了鸠摩罗什的七卷译本。

血经虽然抄写完毕，但日寇的暴行有增无减。譬如县城有位道士经城门时未向站岗的日军士兵鞠躬，竟被活活打死；更令人触目惊心的是，有个日军军官独自遛到毛家村，强行奸污了一名年仅十五岁的农家女孩。女孩的大哥发现后，邀集村民痛打了这个军官一顿。不料第二天，日军血洗了毛家村，其中有十一位年轻人被绑在树上，被日军练刺刀活活捅死，血流满地……

血、血、血，弘善法师每日里听到的都是日寇的暴行，是百姓在流血。弘善法师心尖仿佛在淌血。

《妙法莲华经》的血色越来越淡，据说是采血写经期间未绝盐的缘故。弘善法师考虑再三，决定另写一部血经——《大方广佛华严经》。为表心迹，这回弘善法师决定破舌沥血，为保证血经不褪色，他决定采血写经期间绝盐淡食。

庙里上上下下都震动了。要知道，《大方广佛华严经》共八十卷，六十多万字。而舌尖之血，每天能采多少？即便是钢铁之躯，也要垮的。但弘善法师主意已决，他向佛祖发誓：不抄成《大方广佛华严经》这部血经，死不瞑目。

养真法师担心弘善法师一个人难以完成此宏愿，便主动表示愿与弘善法师轮流采血，以供弘善法师抄写血经。

每天清晨，弘善法师与养真法师两人刷牙洗脸后，用刀片割破舌尖，让舌尖之血一滴一滴地沥在一只洁白的瓷盆里，待沥满一小盆后，再加少许银殊，然后用羚羊角碾磨，直至把血丝全部磨掉、磨匀，方开笔抄写。弘善法师每天坚持抄写一千字左右。每个字都一笔一画，工工整整。

舌尖采血后，一般要过三四个时辰以上才能进食。轮到养真法师采血还罢，轮到弘善法师自己采血时，他就得饿着肚子抄写了。

两人舌尖上的老伤口还未长好，又添新伤口，以致后来两人的味蕾都快失去尝味的功能了。最令人难以忍受的是绝盐淡食。十天八天也许忍一忍就过去了，一个月两个月也许咬咬牙也能挺过来，但这是一场"持久战"。春去春来，秋去秋来，弘善法师日渐憔悴，脸白白的、瘦瘦的，毫无血色。他舌尖上的血已越滴越少，他抄写的速度也越来越慢。他对养真法师说，只要能完成血经，他就是死也无憾了。他每天求佛祖让他挺住，让他完成血经的抄写任务。历经六百六十六天，弘善法师在养真法师的配合和帮助下，终于如愿以偿抄写完成了这部倾注了全部心血的血经。

当抄完最后一个字时，弘善法师一下子瘫了下去，连握笔的力气也没有了。他形似枯槁，但一丝欣慰的笑浮上了他的嘴角。

妙笔鉴赏

关于这篇作品《血经》，作者曾写过一篇创作谈。当年，一群人去苏州灵岩寺参观，方丈带他们去了藏经阁，观看了一般不对外出示的镇寺之宝血经。作者对此进行了深入采访，把血经的诞生与抗日意志联系起来，写出了中国僧人另一种形式的抗战，从而大大提升了作品的内涵。

差一点儿

○ 申　平

县长陪同老将军一路风尘赶到小山村的时候，老马倌刚刚走。

众人无不唏嘘，都说只差那么一点儿就赶上了。就在几分钟前，老马倌嘴里还在念叨："我的老战友，看来我是真的见不到你了……"

这时，村主任开始在一边捶胸顿足："这事都怪我呀！"

原来几天前，老马倌感觉自己不行了，就向村委会提出了一个要求，给县政府打电话，帮他寻找一个叫作刘友林的部队首长。他说这个人是他的战友，在临走之前，他想和他的战友见上一面。

但是村主任以为这是老马倌在弥留之际说胡话，就拖着没打。没想到老马倌却日夜瞪大两眼等着，还不断问："电话打了吗？我的老战友来了吗？"

后来村主任只好硬着头皮给县政府打了电话，说明情况。县政府的人通过网络一查，还真有刘友林这个人，而且人家竟然是个将军，现居北京。

哇！放了一辈子马的老马倌，竟然还有个将军战友！更让人吃惊的事还在后面：当县政府设法联系到刘友林时，年近九十的老将军二话没说，不顾家人阻拦，立即连夜从北京赶来。

唉，就晚了那么一步！这老马倌也真是的，怎么啥事都差一点儿呢？

老将军悲痛欲绝，他开始帮助处理老马倌的后事。一边处理，一边了解老战友一生的故事。可惜村里那一辈的老人大都去世了，真正了解老马倌的人没有了，所有的信息几乎都是"听说"……

听说，老马倌原先不是这个村子的人，他是来这里投奔侄儿的。后来侄儿一家去了东北，老马倌没去，就留在了村里。

听说，老马倌年轻时当过兵，回来时曾经带回过一匹高头大马，这匹马就养在侄儿家里。侄儿一家走后，老马倌为了照顾这匹马，就当上了马倌儿，一直到行动不便为止。

听说，老马倌手里原来有不少奖章，但是后来都被村里的孩子偷拿去玩了。到最后，他手里连一枚奖章都没有了。

听说，老马倌年轻时也结过一次婚，但是后来对方嫌他穷，离他而去。老马倌没有子女，一个人度过了一生。好在社会好，他人缘也好，七十岁成为五保户，村里人一直都很照顾他。

听说……

老将军听说这些，哭得更伤心了。他不断地说："老班长啊！你不该啊！"

老将军开始讲述老马倌的故事，他讲的都是真实故事，不是"听说"。

"我的老班长，他可是个大英雄啊！当年我们并肩作战，曾经打过日本鬼子，打过国民党反动派，后来又跨过鸭绿江，打过美国佬。他作战勇敢，立过许多战功。你们肯定不知道，我这条命，就是老班长从战场上救下来的呀！后来我们回国了，部队组织我们学文化，准备提拔当干部，可是老班长说什么也要复员回老家。我劝他不要走。他却说，一学文化就脑袋疼，再说仗也打完了，能活下来就不错了，他想回家了。

"部队首长也做他的工作，可他就是铁了心。没办法，部队只好放行，又觉得对不起他，就送了他一匹战马让他带回去……

"分别的时候，我们抱头痛哭。我说老班长啊，你今后如果遇上什么困难，一定要记得找我啊！我留了他的地址，后来多次给他写信。开始他还请人帮助回过信，后来就失联了。电话普及以后，我还往那个地方打过电话，回答说这个人去了外地，从此就杳无音信了。没想到，老班长在这里放了一辈子马呀！假如当年他留在部队，现在肯定比我还要厉害。唉，他就差了那么一点点呀！"

众人无不叹息，谁也想不到，老马倌竟然是个隐名埋姓的大英雄啊！那他临终前想见老战友，是想嘱咐点啥呢？

将军又问："难道老班长就从来没有说起过他自己的事情？"

村主任摇摇头，说："我小时候听他讲过战斗故事，但他讲的都是别人的故事，他从来没有讲过自己的故事。他就是再苦再难，也不会给村里添麻烦。他的五保户，还是我们硬给他办的，他一直都不好意思哩。"

将军沉默良久，说："唉，老班长甘于清贫，一辈子放马，不居功，他真是高风亮节！可是我呢？有时候还觉得不够，想争点啥呢。我跟他比，可不只差一点儿呀！"

★ 远逝的雄鹰

妙笔鉴赏

　　一个名不见经传的老马倌、五保户，居然是一位隐姓埋名的大英雄。在人民解放军这个群体中，还有许多这样的英雄。这篇小小说的内容并不是虚构的，是建立在历史真实的基础上创作的。隐姓埋名的大英雄们都有一颗永远不变的初心，那就是为了让老百姓都过上幸福的好日子，牺牲个人，在所不惜。文末，老将军的感叹，更见老马倌的高风亮节，让人掩卷深思。

蒙古马

○ 申 平

那匹蒙古马,是赵氏家族的荣耀,它就葬在赵家的祖坟旁。每年赵家子孙烧香祭祖的时候,都要给它烧上一炷香,拜上几拜。

蒙古马的故事,已经在赵家人的口中讲了三代了。但是这年,他们却突然闭口不提了。村里人主动问起,他们也是支支吾吾的。

这倒引起大家的好奇心了。人们一边重复着那耳熟能详的蒙古马的故事,一边开始四处打探消息。

有关蒙古马的故事,听过的人都说来劲儿。

原来,赵家的爷爷曾经是个出类拔萃的木匠,在这方圆百里的地界上,一提赵木匠,人人都竖起大拇指。起初,赵木匠靠着两只脚、一副担子行走四方。后来,他给蒙古族老乡打家具,人家没有现钱给他,就给了他一匹蒙古马顶工钱。从此,赵木匠外出就有了脚力。

蒙古马本身就是个头不高、其貌不扬的品种,赵木匠的这匹蒙古马更谈不上威武雄壮。但有一点,它的毛是黑色的,四蹄是雪白的,正好应了"乌云踏雪"之说。

赵木匠就整天骑着他的"乌云踏雪"走村串户,翻山越岭。他和这匹蒙古马之间,渐渐形成了形影不离、生死与共的关系。

这一天，赵木匠又骑马外出了。就在他走后不久，村里来了几个骑着高头大马的日本人。他们找到村长，让村里人都到打麦场集合，有马的都要牵上。原来，日本人是来和村里人赛马的。

赛马，庄稼人只听说过，没见过。再看他们牵来的马，一匹匹灰头土脸，都是些拉车犁田的料，哪上得了台面？日本人见了，一个个面带嘲笑。再看他们骑的东洋战马，一匹匹高大漂亮，往那儿一站，威风凛凛，吓得那些本地马老往后躲。日本人更猖狂了，通过翻译叫嚣："中国的马，你们敢不敢应战？只要你们跟着跑，就算你们赢！"

满场的人大眼瞪小眼，没有一个敢应战。日本人就乘机轮流讲起日本民族如何优秀，支那人不但人不行，马也不行，必须接受他们统治。

到了吃午饭的时候，赵木匠骑着"乌云踏雪"回来了。他远远看见村里人都在打麦场上站着，就过去看个究竟。

这时候，翻译又在叫喊："几位太君的训话，都听清了吧？咱们就是人也孬种，马也孬种！我再问一遍，到底有没有敢应战的？"

日本人在马背上哈哈大笑，就连他们的马也跟着刨地嘶鸣。

众人都低下头去。这时，只听赵木匠吼了一声："你们别欺负人，我跟你们比！"

赵木匠喊着，双腿一夹，"乌云踏雪"就冲了过去，和日本人那几匹高头大马站在了一起。这一比就更看出差距了，赵木匠不但马矮小，他还穿着旧棉袍，戴顶破毡帽，哪里像个比赛的？日本人看着他，一脸不屑，挥着手说："你，先跑的干活！"

但是赵木匠竟然不肯。他们商定好路线之后，铜锣一响，几匹马一起冲了出去。

谁都没想到，赵木匠的"乌云踏雪"居然有如神助，像一道闪电，一眨眼就"飞"到了天边，再眨眼已经"飞"回来了。那几匹东洋战马，七零八落，被远远地甩在后面。"乌云踏雪"回来半天，那几匹马才气喘吁吁地跑回来。

村里人拼命拍手叫好。那几个日本人纷纷滚鞍下马，上前给赵木匠鞠躬行礼，还给他的"乌云踏雪"行礼……

这个故事是真的，也是荡气回肠的，可是赵家人为啥突然不说了呢？

消息灵通的人士终于找到了真相：原来，赵木匠的亲孙子一年前竟然不顾家人反对，跑到日本留学去了。赵家人认为这是有违祖训的"变节"行为，就觉得无颜再讲祖上的故事了。

原来如此！村里人不由得更加佩服赵家的人。

可是几年后的一天，赵家突然张灯结彩，喜气洋洋，说是那个留日的孙子回来了。众人就作怪道："赵家唱的是哪一出啊？"

赵家孙子是坐着一种很奇怪的小车回来的。这车没有方向盘，只按电钮操控，也不用加油，走山路、沟渠如履平地。车子进村，拉上赵家的几个人后，直奔赵家祖坟，一眨眼就上了山顶。

赵家孙子率先跳下车，到爷爷坟前磕了几个头，又祭拜了蒙古马，然后大声说："爷爷，我回来看您了。我用从国外学的知识，研究设计出了一款最新型的轿车，世界领先，国家已经准备投产了。爷爷，您知道这车叫什么品牌吗？您听好了，它的名字就叫'蒙——古——马'！"

山鸣谷应。

★ 远逝的雄鹰

妙笔鉴赏

　　微型小说界对好作品的一个评判标准，是"翻三番"。若说高难度的"翻三番"，《蒙古马》可谓典型之作。一是悬念骤起。原本让赵家人引以为荣的蒙古马的故事，赵家人突然全都闭口不提了。二是回溯历史。赵木匠的蒙古马"乌云踏雪"在比赛中战胜了东洋战马，村里人扬眉吐气。三是赵木匠的亲孙子有违祖训"变节"，赵家无颜再讲祖上的故事。后来，赵家突然张灯结彩，原因是赵家孙子到日本学习后，研究设计出了一款世界领先的、最新型的轿车，而车的名字就叫"蒙古马"。全文首尾呼应，严丝合缝，写作技法高妙。文末的"山鸣谷应"告诉我们：时代推移，社会变迁，不变的永远是中华儿女致力于振兴中华的精气神。

贾妮儿

◎ 李立泰

经几次反"围剿"磨炼,贾妮儿像个红军战士了。她抬担架、送军粮、救伤员等,干得蛮好。"扩红"消息传到村苏维埃,贾妮儿要参加红军。她爹娘、哥哥"通共",被白匪杀了,贾妮儿要报深仇大恨。除了红军,我没亲人了!跟毛主席当红军去。报名处,两个红军战士负责给排队的村民登记。男的写,女的问:

"你叫什么名字?"

"俺叫贾玉玲。"

"她叫贾妮儿!"伙伴们起哄。

"哪个村的?"

"贾鸡窝的。"

"你父亲的名字?"

"俺爹叫贾树杉,被白匪杀了。"贾妮儿带着哭腔。

"你多大了?"

"十六。"

"好。玉玲,等通知,换军装。"

"哎。"

她军装一穿，八角帽一戴，鲜艳的帽徽、领章把她的脸蛋映衬得红红的，更漂亮了。她成了一名英姿飒爽的女战士。

连长说："女娃子，干卫生员吧！"贾妮儿"啪"地给连长敬礼："是！"她到卫生队培训，有喊她"幺妹儿"的，有喊她"姐姐"的。贾妮儿心灵手巧，学得快，战地救护、包扎、打针、换药、洗绷带，样样利索。她还没结业，红军就开始长征了。

她们连属中央纵队。一路走来，湘江之战、四渡赤水、抢占遵义、突破乌江、飞夺泸定桥、强渡大渡河。连队快到邛崃山区了，高高的雪山遥遥在望。贾妮儿奋不顾身，不下火线，每次负伤后，包扎一下，仍穿梭在战场。

强渡大渡河，恶仗啊！炮火连天，敌机呼啸着盘旋、扫射。连长大喊："卧倒！隐蔽！隐蔽！"重伤员行动不便，就地趴下。飞机朝卫生队俯冲。机枪"哒哒哒"，炮弹"轰轰"响。说时迟，那时快，贾妮儿一跃而起，趴到伤员身上。"轰"的一声，好大会儿才缓过来，她摆摆头，抖抖土，回头看，刚才隐蔽的地方掀起了个大坑。好悬！她负伤了，血顺着裤腿流下来。小战士撕开她的裤腿腿口给她包扎，要她下去。她说："同志，破点皮肉不碍事！"那次，贾妮儿火线入党。

皑皑雪山，横在天空。

贾妮儿望着白雪覆盖的夹金山，打怵，山都到云彩里了，鸟也甭想飞过去。她拖着伤腿，不知自己能否过去。贾玉玲啊贾玉玲，你口口声声红军战士、共产党员，咋害怕了？你曾大喊要多杀白匪给爹娘、哥哥报仇，就是死，也要爬过雪山。小战士传达首长指示，说："姐，过雪山前吃顿饱饭，路上带点烧酒、辣椒。"她打了个饱嗝，准备了红辣椒，还把破衫烂毡剪成条，牢牢地绑在腿上。她还给伤员重新包扎了一次。

她踩着战友蹚出的雪路，咬紧牙关，坚持！坚持！！坚持！！！

她有好几次晕得迈不动步了，小战士看着她的伤腿，说："姐，把急救包给我，拽着我的褂子走。"

伤员坐下喘口气。刚才还一起爬的战友，再也站不起来了。她向战友敬礼，敬礼的姿势都不成样子了。雨雪夹着冰雹砸下来，又有战友长眠在雪山上了。

炊事班班长舍不得丢掉那口锅。他问："妮儿啊，没锅咋做饭？"锅兜风，大风险些把他裹下去，多亏战友拽住他。眼看快到山顶了，一阵风雪袭来，把老班长拧下山去。贾妮儿伸手没抓住，大喊："老班长！老班长！"她的眼泪流干了。

大草地铺在面前。

贾妮儿伤口感染，已溃烂。她发烧，头滚烫。她把少得可怜的那些药匀给了重伤员。

茫茫草地，天连着草，草接着天，水泡着草，草拥着水。深一脚浅一脚地往北走，贾妮儿几乎是挪着走的。她每挪一步，都疼得咬牙。她悄悄解开绷带，看看溃烂的伤口，擦擦流出的脓血。她摸出仅有的宝贝——一支救命的消炎药，看了又看。最后，她还是收了起来，把伤口包住，继续跟着走……走，走，北上。

他们掉队了，其实已不用找路标，沿着战友的遗体，就是前进的方向。

断粮、缺药，病魔在向他们悄悄袭来。这天，贾妮儿实在挪不动了，伤员把她拦住，她蹲在草地上。小战士寻野菜回来，说：

"姐，把那一针扎了吧！"她把那支消炎药拿出来，珍爱地正着看、反着看。她把针头装在针管子上，狠狠心，在手脖做了试验，若不用它，自己会留在草地。她默默祈祷："老天保佑，千万别过敏呀……"又对伤员们说，"你们都扭过脸去，要不就闭上眼。"她跪在地上，褪下裤子，给自己扎针。唯独小战士眯着眼，没闭死。她消毒后，一闭眼，针头扎进去了……此刻，忽然传来战友急切的呼救声："贾护士！贾护士！你快来，排长快不行了！"贾妮儿听到喊声，捏针管子的手哆嗦了，她犹豫……她还是坚定地把针拔出来。小战士把她架过去。排长也感染了，高烧。她毅然给排长做了"皮试"……

贾妮儿伤口化脓、高烧、脸红、迷糊。小战士说："姐，你病成这样，还那么好看……姐，姐……"

"啥事？吞吞……吐……吐的。"

"俺，俺不再说了。"

"说吧，姐都这样了。"

"姐，你真好看！"

贾妮儿的脸更红了。她仰起头来，问："是吗，同志？"

小战士幸福地微笑着，说："姐，我背着你也要走出草地。"

她说："同志，让我留下来吧！姐省下一碗野菜，你吃了走出去。我这……这也是战斗！"

收容团团长撵上来，眼见贾妮儿病情严重，脸色铁青，嘴唇干裂，气若游丝。

团长发怒了，大喊："卫生员！"

小战士赶紧报告："首长，她就是卫生员。"

妙笔鉴赏

　　作品讲述了红军女战士贾妮儿参加二万五千里长征的故事。一路征战,部队翻越皑皑雪山,来到了茫茫水草地,卫生员贾妮儿掉队了,身患重病,可她毅然将最后一支消炎药让给了病危的战友,自己却气若游丝、命悬一线。最后,贾妮儿的命运如何呢?作品没有给出答案,只给了一个开放式的结尾。

军歌作证

○高 杉

姥爷在村支书胖老三家,看到老郑吃完了饭,坐在竹椅上,一边喝茶,一边跟县里来的人聊天。村里的领导们听着,鸡叨米似的不住点头。

姥爷伸了伸脖子,咽了咽唾沫,又咳了一下嗓子,说:"老郑同志,你是组织上的人,你可得做主,替我恢复名誉。"

姥爷叫的老郑是乡民政所所长。其实,他还是我们村里的外甥,论辈分,应该叫我姥爷个姥爷。

"桂生姥爷,我不是不想办,只是没人证、没物证的,我无法给你办这个事,就连县里来的这些个领导、专家都没法认定,报不上去啊!"

姥爷说:"人家黄花塘的六儿,说给红军喂过骡子,都给定上了,我那么小,挑了两年多弹药箱……"

老郑说:"人家是到北京找老首长给开的证明啊!你的部队番号呢?团长是谁?连长是谁?班长是谁?战友在哪儿?在哪里打的仗?这说不出个一二三来,就能给你定个老红军?"

姥爷说:"咱没文化,那时候,年纪又小……"

老郑说:"那都不是个理儿。"

姥爷说:"当着县里领导的面,我只要求个名分,上级补贴我一分钱都不要,行吧?求求你们了!"说完,他挂着拐棍儿向着他们鞠了一躬。坐着的那些人,都赶忙站起来。旁边的人赶忙搀住他,扶他坐在凳子上。

姥爷哽咽着问:"你们知道白军的帽子有多沉吗?"他的鼻涕都流了出来。

"老郑,让他说说吧!"县里的人,显然是个负责的说话了。

老郑说:"再说还是那些事儿,一点儿证据都没有!"

胖老三也求情:"县里领导好不容易来一趟,让他说说吧!定不定的,他也死心了。老爷子这辈子可没少受罪。"

县里的人从包里掏出了本子和笔。

姥爷不是本地人,老家应该在离这里一千多里的南方。十四岁的时候,红军经过他家乡。父母双亡、给财主放鸭子的他,丢了几只鸭子,东家认为是他偷偷卖了或者吃了,正把他吊到树上教训,是红军为他解开绳子,让他吃了顿白米饭。然后,没爹没娘的他就跟上了部队。县里的人问:"是哪支部队?"姥爷说:"我也不知道,反正叫工农红军,说是给穷人打天下的。"县里的人又问:"知道往哪儿走的吗?"姥爷说:"那时候,部队被追得东一头西一头的,整天在山里打转,谁知道往哪儿走?尽管还是吃不饱饭,总比在财主家里受气强。"姥爷饭量大、有力气,部队就让他负责挑弹药箱。

那两年,姥爷都是白天打草鞋、睡觉,晚上走夜路,从这个省到那个省的,两个肩膀都压出了血印子,脚都走烂了。有一次,部队开会动员，准备过一条大河。县里的人问："知道叫什么河吗？"姥爷说："不知道，反正没过河我就病了。发烧、迷糊、拉血、走不动路，更别说挑担子了！班长就把我安排在河边一个老乡家，留下两块银圆就走了。临走还专门嘱咐我，别说自己是红军，叫白匪知道了可不得了！""你班长是谁？""姓马，不知叫啥名，江西人，那时候三十多岁了。在老乡家养了二十多天，我身子好了，能走路了，怕连累老乡就走了。""准备上哪儿去？""家是不能回了，再说也没有家了，只能去找部队。""你知道部队去哪儿了？""不知道，经常听说北上抗日、北上抗日的，我就往北走。一路上要饭，干点零活，边走边打听，又找了大半年，一直走到这里，碰到石头（我的舅舅）他爷爷（我的老姥爷）收留了我，就没再找。""怎么没再找？"姥爷不好意思地说："我在这里娶老婆了。"

没儿子的赵老汉收留了我姥爷，看他憨厚忠诚、干活实在，老家也没父母，就招赘做了女婿，姥爷就有了女人和家。再后来，就有了我娘和石头舅舅。解放前，家里人一直对外说，姥爷在白军那里当兵，不愿干才开的小差。这个说法，对他这个外乡人是个很好的掩护，但也让他在以后的日子里吃尽了苦头。他给这个家带来了太多的歧视和不幸，甚至殃及了他的儿子。我的石头舅舅聪明伶俐，学习又好，就是因为姥爷的历史，上初中不让，当兵不让去，媳妇也娶不上。最后还是我姥爷用换亲的办法，让我母亲嫁给我爹，我小姑嫁给我舅舅。所以，我姑姑也是我舅母，我舅舅也是我姑父。

整个屋子里，只有姥爷一个人在说，老郑打着哈欠，那些人的本子上什么也没记。胖老三坐在那里，睡着了。

"好了,老爷子,我听明白了。我们回去汇报研究,你在家听信吧!"县里那位负责人对姥爷说。姥爷不放心地拄着拐杖出了门,说了句:"求求各位领导,多费心吧!我等不了几天了!"

县乡干部准备上车,姥爷从车后面颤颤巍巍地走出来,说:"领导们,我给你们唱段那时候的歌,算证明吗?"老郑说:"算了吧!领导回去还有事,急着走哩!"姥爷用身子挡住车门,大有不让唱就不让走的架势。县里的领导只好说:"唱吧!我们听听。"姥爷左手以拐棍当枪,扛在肩上,右手向大家行着军礼,原地踏步唱起来。大家听到他撇腔拉调的歌,都开始笑起来。只有县里那位带队领导没笑,他一直认真听着。等姥爷唱完,他上前双手握着姥爷的手摇晃着,说:"老同志,放心吧,你这歌就算是证明了!"然后,他对县里那些人说,为配合每场战斗,红军都会临时编歌,搞动员,鼓士气。除了参加过某次战斗的部队,一般人不知道那些歌。一个不识字的大山里的孩子,如果没经历过这段历史,是绝对不会唱,国民党兵更不会唱。这首歌,军史里有详细记载。

他对姥爷说:"老同志,我回去为你作证。"旁边的人告诉姥爷,这是县委党史办的李主任,他一定能为你办成这件事,你等好消息吧!

两个多月后,村支书胖老三来到姥爷病床前,告诉他:"你的老红军的身份认定了。"他们把通知书和李主任的亲笔信放到姥爷手里。老人老泪横流,激动得什么话也说不出来。

李主任在信中说,那首起到重要证明作用的歌叫《渡江动员歌》,是红军宣传队专门为强渡金沙江创作的,他特意抄给老人做纪念。曲中,有一段歌词是:"渡过金沙江,活捉狗刘湘,消灭反动派，北上打东洋！"

当老师的石头舅舅有个愿望：等老爷子病好了，自己要好好跟他学学这首歌，然后教给自己的学生。

妙笔鉴赏

《军歌作证》描写了一位"失散老红军"艰难曲折的身份认证过程。由于年代久远，在所有的"证据"都证明无效的情况下，一首特殊的"军歌"让他"起死回生"。这首军歌叫《渡江动员歌》。作品对县乡调查组干部来村庄调查工作的描述，写得极为生动，富有现场感。对县委党史办李主任着墨不多，仅寥寥几笔，却让一位精通业务、认真负责的好干部形象呼之欲出。

毛线手套

○高 杉

每年冬天,母亲都要戴上那副毛线手套,哪怕天并不是很凉。我知道,她是以这种方式纪念父亲。

这副手套,最初是以毛线的样子出现在母亲生活里的。那时是在延安,经组织批准,来自福建的父亲谢林和来自上海的母亲储秀儿恋爱了。父亲是边区有名的战斗英雄,母亲则是陕北公学的年轻教员。两个人的定情信物,就是八两毛线。这还是谢林参加英模表彰会时,边区主席亲自发的奖品。这是大生产运动中,延安军民自己纺的毛线。收到这件礼物后,储秀儿特别喜欢,就用它织了一条短围巾。后来,延安派兵到山东,谢林跟着部队去了冀鲁豫根据地。

那天早上,母亲为父亲送行。高原上的风冷飕飕的,母亲却没有围那条她天天都佩戴的围巾。看到父亲询问的目光,她从挎包里掏出一个四四方方的纸包。父亲打开一看,原来是一副厚厚的毛线手套。

父亲忽然明白了,一把将母亲揽在怀里。

母亲把那副手套一个指头一个指头地为父亲套在手上,轻轻地抚摩着,说:"那里的冬天挺冷的,你站岗时戴上。"

父亲说:"秀儿,咱们三个,都要平平安安的。"

母亲流着泪,点了点头。那时,我正在母亲的肚子里沉睡着。

三年后,母亲在沂蒙山见到了父亲的战友王闯叔叔。当王叔叔把一副毛线手套交给母亲时,母亲什么都明白了。

"他没戴过吗?"母亲看着像新的一样的手套,不解地问。

"他哪里舍得?宝贝得什么似的,生怕脏了、丢了,说这是你们的定情信物,以后还要传给延河呢。"王叔叔解释着,"他手都冻伤了,也舍不得戴。"

王叔叔越说,母亲哭得越厉害。"我的那个憨憨啊!"她用双手把手套捂在脸上,哭得昏死过去。

在鲁西一次反扫荡战斗中,八路军营长谢林为掩护乡亲们转移,胸部受重伤,倒在了一片杨树林里。牺牲前,他专门托付小老乡王闯,有机会一定要想办法把背包里的手套转交给他的秀儿。

那副由围巾改成的手套,跟着母亲,从临沂到苏北,到南京,到贵阳,从接管城市到投身国家建设,到参与改革开放,直到光荣离休。那些记录着峥嵘岁月的老照片和这副象征着爱情的毛线手套,陪伴她一直到老。

母亲在最后的日子里,脑子仍很清醒。她说:"你爸葬在他战斗的地方,是一个共产党人最好的归宿。我只是个普通干部,没有资格和烈士葬在一起。这是上级的规定,我必须听从组织的安排。"

她抚摸着手套问我们:"能不能让它替我去陪着你爸?给鲁西北革命烈士陵园的负责同志说说?"我答应了她。

"记得去莘县肖郭庄看看肖……"没等她说完,我就接上她的话茬,以证明我们从没忘记她要说的那三个人的名字:肖遵月、山福才、王锁柱。她满意地点点头,脸上露出欣慰的表情,说:"如果他们不在了,就看看他们的孩子,别忘了买点东西。"她叮嘱,"二十七年的情谊,多少金子都买不来!"

我们全家都知道,在父亲迁葬烈士陵园之前,这三位淳朴善良的老房东为父亲看坟扫墓长达二十七年。

九十四岁的她,忘不了七十多年前她青春的恋人和战火纷飞时期的爱情。

等我们赶到父亲的墓园,摆上鲜花、香烛祭奠之后,才发现要完成母亲交办的任务并不是件容易的事。父亲的坟墓建得结实高大,圆形的墓顶都用混凝土封好,墓周围全部硬化了,我们带来的花铲和军锹根本无法挖掘。

我们正为难之际,鲁西北革命烈士陵园的主任小艾赶到了。原来,管理人员在监控中发现了我们的异常举动,就向领导报告了。因为我们想悄悄祭奠一下,完成母亲交办的任务就走。没想到,还是把小艾主任惊动了。

接待室里,他认真倾听了我们的来意,并郑重地提出了他的建议和请求。我和家人认真商量了一下,替母亲答应了。

半个月前,小艾主任打来电话,兴奋地告诉我:"谢叔叔,您全家捐赠给我们的那副手套,被评定为一级革命文物,国家文物局通知,要调我们这件藏品到北京参展啦!"

作为子女的我们,做出了这个有违母命的决定。我想,母亲一定会满意的。

★ 远逝的雄鹰

妙笔鉴赏

　　一双毛线手套，凝结着一对革命夫妻感人至深的爱情，也映射了革命战争年代的艰苦卓绝。作品以"红二代"的视角，追寻革命先辈的历史足迹，真实、自然、生动。义务看坟扫墓二十七年的老房东和敬业爱岗的陵园主任小艾对革命烈士的崇敬，是作品的一大亮点。无数历史事实告诉我们：一个崇尚英雄的民族，是一个生机勃勃的民族，是一个充满希望的民族。

闺女老师

○ 王培静

在电视台的八一节访谈节目中,已九十多岁的延将军精神焕发,思路清晰,语出惊人。

主持人问:"延将军,您有几个孩子?他们都从事什么职业?"

将军说:"一儿一女。军人的孩子能干什么?当兵。儿子延庆在西部边防当师长,女儿延军在陆军学校当副院长。"

主持人又问:"将军爷爷,您这一生中,最得意的一件事是什么?是哪场战役中的哪一仗吧?"

将军想了想,深情地望了一眼身边的老伴,笑着说:"我这一生最得意的事,就是拿下了她。"说着,他抓住老伴的手,用力握了一下。老伴的脸上泛起了一丝红晕。

台下响起了热烈的掌声。

"别看她现在老了,年轻时漂亮得很。在我眼里,她最俊最美。"

主持人说:"奶奶现在也很漂亮,我们能想象,奶奶年轻时一定是个大美女。将军爷爷,那就说说你们的罗曼史吧!"

"那是1937年,在山东枣庄的一次战役中,我负伤了,她在战地医院当护士。巧的是,我被分到了她手下。头一次见她,看到穿着军装的她,脸白白的,一笑还有两个好看的酒窝,要多美有多美。那时我就偷偷地想,要是娶到她做老婆,我这辈子值了。"将军陷入了美好的回忆中。

主持人问:"将军爷爷,头一次见面,您就喜欢上人家了?"

"是啊!"

"那时您是什么级别?"

"副团长。"

主持人说:"奶奶,您也说说见到爷爷时的第一印象。"

奶奶深情地回望了爷爷一眼,说:"那年我才十八岁,什么都没有想,就是感觉这个伤员高高大大的。头一次给他换药时,他不让我换,让我找男护士来。"

我说:"老封建,我都没有不好意思,你有什么不好意思的?"

主持人问:"爷爷的伤在身体哪个位置?"

爷爷不好意思地说:"小日本的炮弹偏不长眼,炸的不是地方,在大腿根这里。"

奶奶说:"他伤好后回了部队。没想到两年后,他负了伤又落在了我手里。他那时已升为副师长,我喜欢听他讲战斗故事,但从没往感情这方面想。他装着闲聊天,问我的家事,还向别人打听我有对象没有……他早就对我有想法了,只是我不知道。他的伤快好时,他去找了我们院长,院长找我谈话,说要给我们当介绍人。我说,我还小,不想这么早找对象,再说,他比我大十多岁。院长劝我,他是功臣,和他在一起是我的光荣。他让我们先处处,好了就继续发展,谈不来就再说。从那时起,我就再没逃出过他的手心。"

主持人问:"听说爷爷对奶奶还有昵称,是吗?"

爷爷说:"从认识她起,我就一直叫她'闺女',一直到现在。"

奶奶说:"年轻时,他识字不多,让我教他,他喊我'闺女老师'。你说,这是什么叫法?"

主持人说:"爷爷喊奶奶'闺女',是没人的时候才这样叫吧?"

爷爷说:"不是,在儿子女儿、孙子孙女跟前照样这样叫,在外人跟前也这样叫。就兴你们年轻人'亲爱的''宝贝''心肝'什么的肉麻地叫,不兴我喊声'闺女'?我们这称呼多朴实!"

台下有人笑出了眼泪。

主持人止住笑,说:"奶奶这么显年轻,都是将军爷爷叫的。"

奶奶的脸也笑得像一朵花,动情地说:"跟了他,我这一辈子也值了。"

将军爷爷轻轻拍了两下奶奶的肩膀,掏出手绢给老伴擦眼泪,把嘴凑到老伴耳根,小声说:"闺女,咱不哭,你心脏不好,医生说你不能激动,这样有危险。"

这一刻,主持人连同许多观众都流下了感动的热泪。

奶奶使劲点了下头。两双青筋盘根错节的手,紧紧地,紧紧地握在了一起。

台下响起了经久不息的掌声。

妙笔鉴赏

作品讲述的是一位老将军的情感故事。有别于描述战功卓著的老将军的"粗犷""豪放",《闺女老师》写得幽默、生动,多有日常生活的细节。主持人访谈的介入方式,增强了现场感和真实性,拉近了老将军与受众的心理距离。一位为国为民、英勇战斗的老将军,同时也是一位温情脉脉的好男人,有血有肉,感人至深。

前方后方

○ 王培静

这天,教导员把鲁一贤叫到办公室,对他说:"鲁老兵,你家的情况我了解,嫂子走了有三年了吧?你女儿冰冰该上初一了,站里不能再留你了。党委会研究决定了,确定今年年底让你转业。"

鲁一贤先是一怔,接着低下了头。鲁一贤在边防站服役十六年了,虽然还不到四十岁,却很显老,用他自己的话说,这些年,长得着急了一点。

他想起妻子带女儿来部队探亲时的场景,女儿冰冰在原野上奔跑,举着手一蹦一跳,用稚嫩的声音大喊:"爸爸,妈妈,我摸到天了!"冰冰跑累了,躺在草地上,望着满天的白云说:"这些云真像一个个大棉花糖。爸爸,你能给我摘一个下来吗?"

三年前,妻子原说放了暑假再带女儿来部队探亲的,但在送孩子上学过马路的时候,出了车祸,去世了。

处理完妻子的后事,看着几乎哭干了眼泪的女儿冰冰,鲁一贤不知怎么和孩子说他要回部队了。他开不了口啊!归队的日子到了,犹豫再三,他咬着牙对女儿说:"爸爸是名军人,军人有自己的职责,在家你要听奶奶的话,好好学习,有了假期,爸爸就回来看你。"女儿先是抹眼泪,又努力把哭声咽了回去,然后抱着鲁一贤说:"爸爸,你回部队吧!不用挂念我,我已经长大了。"

那一刻,他使劲搂着女儿,久久没有放开,任泪水打湿了冰冰的后背。临走那天,他没敢和女儿告别,推开门,偷偷看了眼女儿,然后退了出来,轻轻关上了门。

他离开家的脚步,像双腿灌了铅,一步步迈得那么沉重!

后来再回家,他发现女儿冰冰的性格变得孤僻了,不爱和人交流。

想到这儿,鲁一贤对教导员说:"谢谢组织上的关心,让我再好好想想。"

真要离开部队,离开战友们,他一下子感到心里火烧火燎的,还真是舍不得。

忙完一天的工作,鲁一贤自己出来走走。这时手机来了短信,他打开一看:"爸爸,想我了没有?向你报告,我这次考试考了全年级第二名,班主任贺老师都表扬我了,平日里她对我可好了,经常关心我。我感觉她对我比对别的任何同学都好。"

他忙回了短信:"祝贺女儿,你是最棒的!奶奶的身体好吗?少玩奶奶的手机,对眼睛不好,知道吧?"

"奶奶管我严着呢!只是到周末例行和你通话时,奶奶才肯把手机给我用一会儿。奶奶的身体很好,她坐在我身边笑呢。爸爸,我身边有个人要和你聊聊,我把你的手机号给她了。"

"你好!我是贺子薇,是冰冰的班主任,也是她的大朋友。现在冰冰的性格比过去开朗了许多,学习上进步也特别大。你肯定不记得我了,但我记得你。我大三时,你来过我们学校做国防动员报告。听了你的报告，我就下决心报名当兵，可体检时视力没有过关，当时特别失望。你穿军装的样子，我印象特别深刻。今后多给我讲讲你们部队的故事吧，我喜欢听……"

看到这条短信，鲁一贤高原红的脸上附上了一层红晕，通身涌起了浓浓的暖意。

妙笔鉴赏

《前方后方》是一篇温暖的小小说，似一条平静的"生活河流"。前方的军人鲁一贤失去妻子后，依然坚持驻守边防；后方的女儿与奶奶相依为命，慢慢成长。原先，"冰冰的性格变得孤僻了，不爱和人交流"。后来，班主任贺子薇老师成了女儿的"大朋友"，"冰冰的性格比过去开朗了许多，学习上进步也特别大"。作品在鲁一贤与贺子薇远隔千里的手机短信对话中，预示了前方与后方都有一个美好的未来。

将军的茶语

◎ 吴跃建

将军喜茶,从司令员的位置退下来之后,回茶乡老家过起了"睡起有茶饴有饭,行看流水坐看云"的闲适淡泊的生活。

虽然老将军表示不再"参政议政",但总有一些老部下前来找他泡茶、汇报思想,请他点拨。据说,老将军在茶道上很有造诣,颇有"茶禅一味"的境界,他请人品什么工夫茶,往往都是富有玄机的。

酒壮英雄胆,茶引文人思。这天,将军原先的三位老部下,为求解茶意,特地前来拜访老将军原来的秘书。

张书记一脸期盼地对老秘书说:"前几天,老将军请我泡的是福鼎白茶。"

老秘书沉思片刻,说道:"白茶素有'绿妆素裹'之美称。将军一般是请新提拔或调整岗位的人喝白茶。你刚就任市委书记,将军是在提醒你不忘初心,清白做人,干净做事。"

交通厅厅长迫不及待地问:"老领导那天请我品的是正山小种,是红茶,有什么寓意?"

"'正山'不仅指地名,也有正确、正宗、正道等意思;'小种'不仅指茶的品种，还指其受地域和环境的影响……"

闻言，交通厅厅长挠了挠头，略有所思："我懂了，将军是针对近年我系统基层出现腐败窝案的事，给我发出警示，要我从法治建设入手，营造风清气正的小环境吧？"

老秘书点了点头。

张县长深沉地说："那天老将军请我喝过苦丁茶之后，我也开始反思了。"

老秘书说："苦丁茶，具有清头目、除烦渴等作用，可增强人体免疫力，预防疾病。"

张县长："良药苦口！将军的茶，醍醐灌顶，让我如梦初醒，算是一次问责和诫勉谈话。"

大家面面相觑，然后陷入了久久的沉思。

妙笔鉴赏

《将军的茶语》是一篇寓言体小小说。老将军退下来之后，时刻通过"茶语"这种特殊的方式，提醒原先的老部下"不忘初心，牢记使命"。作品构思精巧，行文运笔切合人物关系与情境，意味深长。

兵王的最后一击

○ 吴跃建

"砰！砰！砰！"一阵阵枪响打破中国南方边境的宁静。

穿丛林、跨山涧、钻山洞，下士的心中只有一个念头，绝不能让毒枭逍遥法外。

这是他去上军校前的最后一次任务。分组追击已经三个多小时了，体力已经到了极限，但他依旧紧紧地咬住目标。

身形如蛇的毒枭已经接近国境线。下士紧急刹车、凝神静气，"砰！"又是一枪。狡猾的毒枭一下闪到大树后，顺势连续向下滚动，然后一下子越过了界桩，连AK47都丢失了。

让毒枭逃出国境，是军人心中的伤痛，更是他这个兵王的耻辱。下士的心在抽搐，在滴血。

国境线两边，双方还在对峙着。

下士知道，此时一击必杀是毋庸置疑的，但这最后一枪兹事体大，轻则自毁前程、军法从事，重则引发国际争端。他长长地叹了一口气，把枪背到了肩上。

毒枭咬牙切齿地问道："你就是兵王吧？"

下士坚定地点了点头。

毒枭想到此次亲自探路,是为了打开新的贩毒通道。于是,他改变策略,手中摇晃着两张银行卡,用重金诱惑下士。

下士问:"知道虎门销烟吗?知道林则徐的回答吗?"

毒枭愣住了。

胆大凶残的毒枭,见下士的枪背在肩上,挑衅地把一只脚一下伸进国境,又快速收回,得意扬扬地说:"兵王,有本事你开枪啊!"

下士的身上流动着一股杀气。

见下士不动,嚣张的毒枭再次把一只脚跨过界桩。

下士一抬手,一道寒芒闪出,飞刀插入毒枭的眉心。毒枭"扑通"一声,倒在国境线内,睁大的眼睛写着震惊和恐惧。

下士边走边说:"林则徐的声明是,若鸦片一日不绝,本大人一日不回。"

妙笔鉴赏

在微型小说中,尤其是在"闪小说"这样有限的"空间"里辗转腾挪、出奇出新,是需要有较为高超的艺术技巧的。《兵王的最后一击》讲述了一位智勇双全的兵王追歼毒枭的故事。故事紧张、惊险,情节跌宕起伏,语言刚劲有力,浓郁的"兵味"与"闪小说"形式相得益彰。

要死就死在战场上

○李伶伶

牛二喜有气无力地躺在行军帐篷里,迷迷糊糊地刚要睡去,就听见有脚步声越来越近。他用力睁开眼睛,看到班长进来了。班长气呼呼地说:"这个赵铁柱,太犟了,我嘴皮子都要磨破了,他还是不肯把他军包里的药拿出来。"牛二喜说:"班长,你别向他要了,要来我也不吃。"班长说:"为啥?你拉肚子都拉三天了,再拉下去该拉死了。你俩有多大仇啊?一个不给、一个不吃的。"牛二喜没说话,闭上了眼睛。

牛二喜和赵铁柱没仇,他们两家有仇。牛二喜的哥哥牛大喜想娶赵铁柱的姐姐春凤,赵铁柱的父母不同意,牛大喜就和春凤私奔了。两人在翻一座山岭时,遇到了土匪。土匪把牛大喜打伤,把春凤劫走了。后来,听说春凤不堪凌辱,自尽了。赵家就把春凤的死归在牛大喜身上,从此两家不相往来。牛大喜一直没回家,不知去哪儿了。牛二喜出来找他,半路饿昏,被部队的人救了,他就到了部队,没想到跟赵铁柱分到了一个班。赵铁柱见到牛二喜,先打了他一顿。牛二喜没还手。他知道赵铁柱恨他哥,如果他能替他哥受过,他情愿挨打。赵铁柱因为打人挨了批评,后来没再打牛二喜,但是不跟牛二喜说话，一句也不说。长征开始时，他们这支队伍一直走在前面，后来掉队了，跟老弱病残走在了一起。牛二喜的身体一直挺好，过雪山时染了风寒，高烧，还拉肚子。队里没有医生，也没有护士，原来有一些药的，早吃没了。有人看见赵铁柱的包里有一盒药，让他拿出来，他不拿。班长去要，他也不给。这在牛二喜意料之中，他不恨赵铁柱，如果他死了，就能让赵铁柱释怀，那他无怨无悔。

第二天早上，牛二喜拒绝吃饭，说他吃了也白吃，还不如省下粮食给大伙儿。班长发了脾气，说："你不吃饭，病怎么能好？要死也要死在战场上。死在这里算啥？"牛二喜哭了。班长说："哭啥哭，有眼泪到战争胜利时再流！"班长命炊事员给牛二喜开小灶。行军时，班长背着牛二喜走；休息时，班长四处找草药，找到后就让炊事班熬汤给牛二喜喝。不知是不是班长的行为感动了上苍，牛二喜的病竟然渐渐好了起来，高烧退了，肚子也渐渐恢复了正常。穿过那片草地，就到有人烟的地方了，大家的脸上都露出了喜色。

那片绿地，远看是草，走近了才知道是沼泽地。班长提醒大家要小心，不许单独行动，万一掉进泥潭里就出不来了。最不听话的是赵铁柱，他要么走在最前面，要么走在最后面，反正不跟大家一起走。因为他有药不拿出来给牛二喜吃，大家都对他有意见，所以都不管他。

这天傍晚，太阳落山前，班长手搭凉棚望了望前方，说："前面那块空地看上去比较安全，咱们今晚就在那里安营扎寨。大家再鼓一口气，走到那儿就歇着了。"大家都很高兴，正准备继续往前走时，忽然听见身后传来一声怪叫。大家转过头，看见赵铁柱陷进一个泥坑里了，泥水已经淹到了他的大腿根。大家赶紧跑到他的身边。"救我！我不想死在这里！"赵铁柱边说边挣扎。牛二喜说："别动！越挣扎你陷得越深！"说话间，泥水已经淹到了赵铁柱的腰。赵铁柱不敢动了。牛二喜说："躺下，往后躺。"赵铁柱没动。班长也奇怪地看着牛二喜。牛二喜说："跟在水里一样，躺下能让身体漂起来。"班长听后，催促赵铁柱躺下。赵铁柱说："我躺不下。"牛二喜说："别害怕，慢慢往后仰，一点儿一点儿往后仰。"赵铁柱按牛二喜说的，一点儿一点儿往后仰，把身体斜插在了泥沼里。牛二喜说："把胳膊伸展开，慢点儿，别害怕。"赵铁柱又慢慢把胳膊伸开了。牛二喜说："绳子，我要绳子。"班长说："没有绳子，连裤带都煮了吃了。"牛二喜说："衣服，把衣服脱下来系在一起。"大家都把外衣脱了下来，牛二喜迅速把衣服结成了一条绳子，一头扔给赵铁柱，让他牢牢抓住，然后大家一起拽另一头，一点儿一点儿地把赵铁柱从泥潭里拽了出来。赵铁柱得救后，班长长舒了一口气，说："多亏了牛二喜，要不然你就死了！"赵铁柱抬头看了牛二喜一眼，没说话。

走出草地后，赵铁柱问牛二喜："你为什么要救我？"牛二喜说："班长说过，要死就死在战场上。"赵铁柱没说话，拿出一个药盒给牛二喜。牛二喜没接，说："我已经好了，不需要了。"赵铁柱把药盒打开，里面没有药，只有一个荷包。牛二喜很意外，问："你为什么不跟大家说你没有药，害得大家误会你？"赵铁柱说："想给你留个念头。班长说过，不能死在这里，要死就死在战场上！"牛二喜看着赵铁柱，久久说不出话。

妙笔鉴赏

我们知道,"长征故事"永远也讲不完,每一个都可歌可泣,感人至深,催人奋进。如何才能写出新意?作者巧妙地把牛二喜与赵铁柱这一对"老冤家"扯在一起,并将故事置于"爬雪山""过草地"这样的极限情境之中,深厚的战友情谊喷发出灿烂的光芒。

★ 远逝的雄鹰

父亲的排箫

◎ 李伶伶

吴战在病房守了三天，父亲终于醒了。吴战的心并没有放松下来。八十八岁的父亲身体一向很好，吴战这次回老家给祖父母扫墓，父亲不小心摔了一跤，一下子把自己摔进了生命垂危的状态。

父亲睁开眼睛，目光在每个人的脸上掠过，然后喃喃地说："这是父母留我，我就不走了。箫……箫……"话没说完，他又晕了过去。

排箫是父亲的宝贝，他不可能随时带在身上。吴战想了想，说："要不我回去取一下吧！看咱爸的情况，可能回不了山东了。"大哥罗援沉默了一会儿，点点头。

吴战立即动身，乘汽车，转高铁，回到山东枣庄家里。吴战在父亲卧室的柜子里找到了父亲的排箫。这个排箫原来并不是父亲的，但它改变了父亲的人生轨迹。

排箫是用废旧的子弹壳做的，它真正的主人是父亲的战友罗耀祖。他俩一起参加过抗美援朝战争，父亲差点儿死在战场上，而罗耀祖则永远地留在了那里。父亲曾给吴战讲过那段经历。那次要攻克一个高地，上级下达命令，必须在天亮前占领那个高地，可敌人的火力很猛，战斗持续了六个多小时，仍然没有任何进展。眼看天就快亮了，连长急得眼睛都红了。连长说，都背上炸药包，一个一个上，直到把敌人的地堡炸毁为止。我先来！大家还想说什么，连长已经背着炸药包，拿着手榴弹冲出了战壕。在我方火力掩护下，连长匍匐前进，爬向敌人的地堡。连长就要爬到目的地了，却被敌人发现，乱弹打死了。

连长的牺牲激发了大家的斗志，副连长没有丝毫犹豫地冲出战壕，随后是排长、副排长、班长、副班长，再后来是士兵，按入伍时间排序，入伍时间最长的排到最前面。吴炳坤入伍不到一年，排在中间。为了炸掉敌方的地堡，我方已经牺牲了三十八个人，下一个就是吴炳坤。每个将要跳出战壕的战友都会留下几句遗言，让战友将来回国时转告自己的家人。吴炳坤前面那个战友胆子小，连老鼠都害怕，大家都叫他"胆小鬼"。胆小鬼在他前面的战友刚跳出战壕时，就跟吴炳坤交代了遗言。他说，如果他回不来，别告诉他父母，他们会受不了的。说完，他就哭了。过了一会儿，情绪平复下来后，他又觉得这话不妥。他要是牺牲了，这个秘密肯定守不住。于是他又改口说，如果他回不来，跟他父母说，让他们别难过，他是为保卫国家牺牲的，这是他的荣耀。这次说完，他没有哭。

胆小鬼刚改好遗言，就传来前一个战友牺牲的消息。胆小鬼没有迟疑退缩，勇敢地冲了出去。吴炳坤的大脑瞬间一片空白。那一刻，说不紧张、不害怕是谎话，吴炳坤整个人都变得僵硬起来，说不出一句话。后面的战友见他站在那儿发愣，拍了他一下，问他要跟父母说什么。吴炳坤像被拍醒了似的，回过神来说："告诉我父母，别想我，我来生再回报他们的养育之恩。"吴炳坤说完，背好炸药包，拿好手榴弹，准备冲出战壕。就在这时，敌方阵营传来一阵巨响，胆小鬼竟成功炸毁敌方地堡，我方乘胜而上，一举拿下了那个高地。吴炳坤觉得自己这是死里逃生了。

胆小鬼大名叫罗耀祖，山东枣庄人。吴炳坤回国后，辗转找到了罗耀祖的父母。罗耀祖有五个姐姐，家里就他一个男孩。他没能回来，父母都受不了这个打击，他们一夜之间苍老了许多。罗父罗母失去独子的那种悲恸，吴炳坤永远也忘不了。

吴炳坤不知道自己是怎么离开罗耀祖家的，到火车站买票时才发现，排箫还没还给罗耀祖的父母。这个排箫是罗耀祖生前最喜欢的乐器，没事的时候，他经常用它吹老家的曲子。吴炳坤不想把排箫据为己有，于是返回罗家，发现一家人正抱在一起失声痛哭。罗母一边哭一边自责，她说自己再也生不出儿子了，罗家到她这里就断了香火，她对不起丈夫，对不起列祖列宗，最后竟哭得晕厥过去。吴炳坤以前听罗耀祖说过，他们老家特别重男轻女，谁家若没个男丁，这家在村里就抬不起头来。看到罗母哭晕后，吴炳坤做了个决定：留在罗家，给罗耀祖的父母当儿子，给他们养老送终。罗炳坤成家生子后，让大儿子姓罗，二儿子姓吴。

吴战找到排箫后，马不停蹄地赶往辽宁老家，生怕见不到父亲最后一面。当吴战拿着排箫奔回父亲的病房，轻声唤他时，父亲竟又睁开了眼睛。看到排箫，父亲的眼睛似乎亮了一下，他把排箫握在手里，放在胸口上，说："传，传下去……"当大家还在猜测父亲的意思时，吴战已经明白了。他说："您是不是想说，让我们把排箫传下去？把罗耀祖叔叔勇敢、不怕牺牲的精神传下去？"父亲点点头，放心地闭上了眼睛。

父亲一定是听到了罗耀祖的箫声，不然他的嘴角不会微微地翘起来。

妙笔鉴赏

"父亲的排箫"，是牺牲战友的排箫。借助"排箫"这一独特的道具，作者把战火纷飞的岁月中的战友情谊，演绎得如此风生水起，如此动人心弦。

烈 士

○袁炳发

秋风四起,落叶被风裹挟着旋起又摔下,"呜呜"地悲鸣着。

这是苇子沟1935年晚秋的一个傍晚。

福升商号的老板倪士亭和太太李婉花,被押在伪警察署一间闲置不用的房子里,外面有两名伪警察看守着。

倪士亭和李婉花倚墙席地而坐,李婉花的身体在倪士亭的怀中就像窗外仍挂在树上的残叶,瑟瑟发抖。

窗外下起了雨——一场霜降前的冷雨。

雨打在窗棂上噼啪作响,一股冷气便从窗子的缝隙中窜进来。

李婉花的身子抖得更厉害了,她毅然从丈夫怀中挣扎出来,双臂交叉抱住肩头,像是要稳住自己。

倪士亭再次把太太揽在怀里,他的心很乱,在日本留学五年的倪士亭,最清楚等待他们的将是什么。他低声说:"记住,你什么也不知道。"沉寂了一会儿,他把散在李婉花脸前的长发拢在耳后,说:"不管遇到什么情况,我们都不能出卖组织,打死也不能说。"

李婉花直起身子,半跪着把嘴贴在倪士亭的耳边,说:"放心吧!打死也不说!"

倪士亭长吁了一口气。

翌日，苇子沟的日本宪兵队队长西岛赶到伪警署，他要亲自审讯倪士亭夫妇。

倪士亭被带到刑讯室。

倪士亭看了一眼西岛，什么也没有讲，挥下手，示意他们动手吧。

各种刑具几乎用遍，也未能让倪士亭张嘴说话。

倪士亭被打得死去活来，但他脸上仍然从容平和，一双眼睛清亮如常。他目光如剑，眼神直指西岛那张紫红的脸。西岛无奈，摆摆手，意思是将其拖走。

李婉花的哭声让倪士亭清醒了过来。见倪士亭醒来，她攥着拳头说："士亭，你一定要挺住！挺住！多少生命都在我们的手上。"倪士亭闭上眼睛，心里长叹一声："婉花，婉花，你哪里知道我最担心的是什么，是你！"

夜深了，李婉花沉沉睡去。倪士亭却无法入睡，他心里在激烈反复地斗争着。他在决定一件事情，这件事情如完成，意味着他将背着痛苦走完今后的半生。

没有时间犹豫不决了，倪士亭下了最后的决心。

倪士亭跨上李婉花的身体，双手死死地卡住她的脖子，直到李婉花瞪着一双惊恐的眼睛停止呼吸。

倪士亭伏在妻子身上无声啜泣："婉花，你是女人，你扛不住，那个罪不是常人能受得住的！如果出了差错，我们组织的损失就更大了……"

李婉花的遗体被李家哥哥拉走后，葬在了苇子沟的北山上。

第二次审讯变得更加严酷,但倪士亭仍牙口紧闭。

接下来一连数日都没有审讯,倪士亭像是被人遗忘的废弃物,没人理睬,连吃饭都没人管。实在忍熬不住饥饿时,倪士亭就拼命敲打门窗。

他的时间都用来看窗外的落叶了,一阵疾风扫来时,落叶成阵,飘忽如他熟悉的岛国缤纷的樱花。一阵清幽的琴声响起,是《樱花》曲调,单纯如生命单一的终结方式:死亡!

这样的景致和心情久久徘徊不去,如同那单调的琴声,一遍遍提醒他,生命若樱花,终将成泥。

西岛第三次提审倪士亭时,在他的脸上,西岛已经看到了死尸般的枯槁之色。

优雅宽敞的单间,桌上摆满了酒菜,舞女们在一旁侍奉着。西岛笑眯眯地看着他,酒菜的香气伴着琴声飘逸。

倪士亭端起酒杯,犹豫地玩味着,最后一饮而尽。舞女们蜂拥而上,把倪士亭架到屏风后面去了……

之后,苇子沟地下组织相继惨遭破坏,十几名地下党员遭到日本特务的枪杀。

上级组织研究决定,立即派人铲除叛徒倪士亭。

奉命执行锄奸任务的,是苇子沟抗日游击队的一名侦察员。腊八那天早上,一场小雪过后,侦察员尾随着倪士亭,跟踪他到苇子沟的一家大烟馆,在床上捉住了倪士亭。

手枪顶在了倪士亭的脑门上,侦察员正要扣动扳机时,倪士亭说:"慢,我知道我罪有应得,但要澄清一个事实,我太太李婉花是我亲手杀害的,她不是叛徒。"

讲完，倪士亭被一枪毙命。

侦察员向组织汇报了倪士亭杀害李婉花的事情，但苦于无人证明倪士亭的话是否真实，组织便将此事搁置下来。

苇子沟解放后，当年那两个看守倪士亭夫妇的伪警察，主动向政府说明了李婉花的被害经过。

李婉花被追认为革命烈士，她的遗骸被安葬在苇子沟革命烈士陵园。

妙笔鉴赏

《烈士》是一篇故事情节跌宕起伏的好作品。被捕入狱的革命者倪士亭、李婉花是一对恩爱夫妻，因担心妻子熬不过敌人的酷刑，倪士亭扼杀了李婉花，这是小说第一次"逆转"；倪士亭经受住了酷刑的折磨，却败在了美酒佳肴、美人歌舞之中，当了可耻的叛徒，出卖了组织，这是小说第二次"逆转"；面对侦察员黑洞洞的枪口，倪士亭亲口说出了自己亲手杀害妻子的事实。事后证明情况属实，李婉花被追认为革命烈士，这是小说第三次"逆转"。三次"逆转"，深刻地揭示了革命斗争的艰巨性与复杂性，也使作品充满了戏剧性和传奇色彩。

那个让姨奶想疯了的人

○袁炳发

让姨奶想疯了的那个人，叫孙保会。

这个名字我记得这么清楚，是因为我听过太多遍了。

那时候，我的疯姨奶和我奶奶盘腿坐在炕上，她俩穿着同样的黑灯芯绒大襟袄，两尊小佛一样端坐着。

两位老太太总是因为那个叫孙保会的人争论不休。

姨奶说："孙保会啊，这人真是让我捉摸不透。我们住的地方离火车道近，远远听见火车的鸣叫声，孙保会侧耳听着，火车开上松花江大桥了，轰鸣声震得屋子颤抖，他才戴上毡帽出门。你猜怎么着？"

我在地上给弹弓换皮筋，看见奶奶撇撇嘴，没吱声。

姨奶接着说："孙保会上了火车道，火车正好开过来，他一伸手，双脚弹起，只见西服后襟一飘，人就站在火车的脚踏板上了，一股白烟升起，他就跟火车一起没影了。"

奶奶说："你见了？尽胡说。"

姨奶没理奶奶的话茬，双眸凝望着窗外的远处，说："孙保会啊，真是狠心，你说他怎么那么狠心？他竟是个地下党，跟我牙口缝没露。我嫁了他五年，整整五年。"

奶奶说："要不怎么说你傻呢、蠢呢？跟人家过了五年，还不知道人家的真名实姓，家住何方，到底是干什么的……啥也不知道。"

姨奶仍自顾自地说："孙保会啊，他对我可好了，陪我烫长发，领我下馆子。我过生日，他问我要什么，我说要金戒指。他就带我去金店，挑来选去，折腾半天也不买。我都生气了，摔了门出来，孙保会在身后跟着我拐进列巴店后面。他说，看看你的手吧！我一看，呀！左手无名指上有一枚亮光闪闪的金戒指。"

奶奶瞪了姨奶一眼，说："疯话！你看哪个地下党干这样的事情？"

姨奶又没理奶奶的话，继续说："孙保会啊，和他交往的人各个有模有样，料子西服，锃亮的大皮鞋，贼眉鼠眼的人都近不得他身前。"

奶奶说："呸！好不害臊，还有脸说呢！一个大姑娘家家的跟人跑了五年，这就是爹供你上学的结果。"

这会儿，姨奶的眼里有了些许泪花，说："孙保会啊，我是真想他，那几年可把我想坏了。"

奶奶说："呸！这么大岁数了，还不说正经话。爹带着人拉你都拉不回。让你等吧，又等五年，那人还不是连人影都不见？"

姨奶说："你说也怪，怎么一句话没留就走了呢？再也没见到，我怎么找也找不到。"

奶奶说："把你耍了呗！到底不是明媒正娶。为了个浪子，你疯了一辈子。值吗？"

这时候，我把弹弓收拾好了，抬头看着疯姨奶，她仓皇落寞的脸上有浅浅的泪痕。不知为什么,我的心突然动了一下。

姨奶见我看她,笑了。

奶奶也突然笑起来。那年我十二三岁。

前几天,闲得无聊,我便会没来由地想起许多旧事,一时心血来潮,在电脑上输入"孙保会"三个字,一下子跳出若干条资料。我随意点开一条,上书:孙保会,原名孙祚麻,地下党,哈尔滨滨江站站长,"九一八事变"后多次组织破坏日满铁路运输线,秘密接送抗联将士往返各战区。1935年8月8日,炸毁滨绥铁路苇子沟段,使日军整列军用物资毁于大火,为东北抗联秋季战役的胜利做出了重要贡献。1937年4月5日被捕,后牺牲于北满特别区警务处,时年三十一岁。

我想,我该补充一句,姨奶一生漂泊,没有再结婚。年老时(我小的时候),她经常住在我家、大舅爷家或二舅爷家。

1967年某月某日,姨奶一个人从大舅爷家去二舅爷家时走失。

妙笔鉴赏

地下工作者孙保会的人物形象,在姨奶和奶奶的对话中,显得模模糊糊,似雪泥鸿爪。"我"是一名近距离的旁观者,通过网上的资料,初步了解了一位抗日先烈的英勇事迹。然而,"我"的姨奶早已在1967年的某月某日,"一个人从大舅爷家去二舅爷家时走失"。至此,作品积蓄已久的震撼力直抵读者的心灵深处。

那团青稞面

○ 陈振林

刚刚下过雨，草地上的空气格外清新。夜色里，青草味儿就浮在鼻子边。六个人，一步一步地向前移动着。天上挂着几颗星，为夜行的人洒下微光。

部队是半个月前进入这片草地的。草地里多沼泽，一不小心就会陷下去。好几次，刘小根就看着战友陷入沼泽，可是身边的战友根本没办法施救，沼泽太深了。

从前方部队传来好消息，这片难走的草地就要到尽头了。

"刘小根，加把劲儿！快点走！"临时班长王兵小声说。他们六个人掉队了，落在了队伍的后头。六个人成立了临时班，由年龄最大的王兵任班长。

"是！"刘小根回应。他知道班长的声音不可能大起来，他也想将自己回应的声音提高一个八度，但是不能啊！他们六个人已经三天没吃东西了。前天，他们找到几根牛骨头，那是前方部队吃过后留下的。牛骨头已经被好几十人吮吸、啃食过了，是真正的牛骨头！

其实，他们六个人的手中还有粮食，班长的上衣口袋里有一团青稞面,那是昨天在一位牺牲的战友的上衣口袋里发现的。那一团面,从上衣口袋里掏出来时,已经成为真正的面团,因为让雨水淋湿了。那面团,像只跳舞的鸡蛋,随着王兵手掌的翻动而不停地滚动着。大家将目光聚焦在面团上,喉结在不停地上下蠕动着。

"我们终于有食物了。"班长说,"我们也能顺利地前进了。"大家听了,更有精神了。大家知道,过一会儿,班长就会组织大家一起来享受这美食。

"同志们,加油啊,一起朝前走。"山东人叫道。山东人名叫余运汝,大家一听觉得不好记,于是"山东人"成了他的新名字。大家一起向前走,为了节省体力,都尽量不发出声音,尽量做出大的动作。

他们又走了一段路,班长叫住大家:"歇息一下吧!我们准备吃晚餐。"他的声音明显提高了一些。于是大家找了一块地势略高的草地,一屁股坐下来,一字排开。班长从上衣口袋里慢慢掏出那面团,他小心地掏着,生怕那面团会散落在草地上。散落了,就再也找不着了。夜色里,大家的眼睛居然能看到班长的细微动作。

"这样吧,从东头的刘小根开始,到西头的山东人结束,每人咬一口面团。"班长王兵下了命令。他将面团小心地交到刘小根的手中。刘小根接过面团,送到自己的嘴边,作势轻咬了一小口。然后是陈伟达,像咬了一小口。接着是张胜利、周天明,也像咬了一小口,又把面团传到山东人手中。山东人将面团送到自己的嘴边,然后咂摸着嘴巴叫道:"这青稞面真是好吃!好吃!好吃!"

"班长,你也吃一口吧!"刘小根接过完整的面团,递给了班长。班长接过面团,说:"好,我也吃。"王兵空咬了一口后,又将鸡蛋大小的面团宝贝似的放进自己的上衣口袋，将口袋的扣子扣好。

"休整两小时，然后继续前进。"班长下了命令。他知道，休息两小时已经够长的了，草地里随时会有大雨，早些离开会安全得多。

两小时之后，六个人上路前行。班长说："走出这片草地，以我们的速度，大约还要五小时。五小时之后，我们集体享受青稞面团，每个人肯定能吃上一大口。"六个背影，在草地上行进着，他们的步子迈得更大了，夜空的星更亮了。

清晨时分，六个人终于走出了草地，赶上了歇息中的大部队。

迎着刚刚升起的太阳，班长从上衣口袋迅速掏出那团青稞面。那团青稞面，像只跳舞的鸡蛋，在他的手掌中滚动。

"命令，每人一口青稞面。"班长大声地说。

刘小根接过面团，送到自己的嘴边，然后传给陈伟达，接着是张胜利、周天明、山东人，最后是王兵。王兵接过面团，将它端放在手掌中。那面团，像只跳舞的鸡蛋，在手掌中滚动。

★ 远逝的雄鹰

妙笔鉴赏

　　那一团青稞面,是六位红军战士克服饥寒的唯一粮食。班长下令草地晚餐,五位战士把青稞面送到嘴边,又原封不动地回到了班长手里。他们终于赶上了大部队,开始吃早餐,与上次一样,大家还是舍不得吃那团青稞面。为什么?是因为他们团结友爱,是因为他们都想把获得生命能量的机会让给亲爱的战友。文中前后三次出现类似这样的描述:"那团青稞面,像只跳舞的鸡蛋,在王兵的手掌中滚动着。"复沓回环,层层递进,堪称妙笔。

草地星火

○ 孙殿成

进入草地的第四天，郑二娃掉队了。

打摆子痊愈不久，加上连续三天的草地行军，郑二娃的身体虚弱得不行，两个颧骨突出来，两个眼窝陷进去，两条腿沉得像有千斤重。他拄着棍子，攒足全身的力气，在泥泞的草地上一步一步地往前挪。郑二娃在心里盘算着，掉队只有半天时间，不会落下太远，只要自己坚持不停下，宿营时是能够追上队伍的。

人迹罕至的草地里雾气弥漫，杂草被红军的大队人马踩得东倒西歪，草地里踩出了一条蜿蜒的路。郑二娃目视前方，目光中透着坚毅。这时，他心里只有一个念头：追上队伍，与大家会合。

郑二娃吃力地朝前行进。蹚过一摊泥泞，他觉得身体突然不稳，脚下像生了根一样。他还没明白怎么回事，整个人就"扑通"一下，摔倒在地上。郑二娃向脚下看去，只见一条红缨枪杆粗的黄花蛇死死缠住了他的脚踝，他挣了几下，没有挣开。郑二娃不由分说，反手从背后抽出大刀，顺着两腿间的缝隙一刀砍下去，黄花蛇顿时断成两截。郑二娃爬起来，朝着蛇头狠踩几脚后，没多耽搁，就转身继续朝前赶去。

绕过一片一人多高的红荆丛,郑二娃惊喜地发现,前面的路拐了一个"V"字形。他仔细瞅了瞅,在心里盘算着,如果不拐弯,照直穿过去,足能省下几百步的路程。如果把这几百步省下来,他和队伍的距离就能缩短一截,这一截路对他来说太宝贵了。郑二娃想到这里,果断地离开了泥泞的草路,用棍子往前探着,照直朝前走去。

郑二娃走出十几步远后,就不得不赶紧停下来,因为他的双脚在下沉,不远处的水草丛正在"咕噜咕噜"地冒气泡。这时候,想往回退已经来不及了,他的双腿已经陷进了没底的烂泥中。郑二娃赶紧把手里的棍子横在满是枯草的污泥上,尽可能减缓下沉的速度。

昨天早晨,也是一片泥泽,郑二娃亲眼瞅着教导员的白马陷进去。马不住地蹬踏奔突,下沉的速度却越来越快。不到半个时辰,一匹活蹦乱跳的战马就没了踪影,只在水面上留下一串"咕噜咕噜"的气泡。当时,教导员一句话也没说,抬手向冒泡的地方行了个军礼,就转身继续前进了。

郑二娃知道,用不了多久,他也将和那匹战马一样,牺牲在这里。他低头看了一眼自己的腰间,立刻腾出一只手,去解腰间的米袋。这米袋是临进草地前,团给养处发给每一个红军战士的给养——两瓢青稞。几天来,他按粒数着往锅里放,掺着野菜煮来吃,已经吃掉了一半多。现在,他决定把剩下的青稞抛到草路上,留给后面赶来的同志。

他解米袋的动作加快了他下沉的速度,米袋还没有甩出去,胸膛以下就全部陷进了泥潭,他开始喘不上气了。

"别动!"

一个低沉的声音传来，郑二娃停止动作，回头望去，只见草路上奔来一位红军战士，那人高高的个子，黝黑的脸膛，走路一瘸一拐的。不用问郑二娃也知道，这位红军战士跟他一样，也掉队了。大个子红军来到近处，麻利地从腿上解下绑腿带，一头系到一簇粗壮的红荆上，又把另一头准确地抛到郑二娃身旁，然后自己匍匐地趴到草地上，将手中的棍子伸向郑二娃。郑二娃一手抓住绑腿带，一手抓住伸过来的棍子，几次跃动之后，便从泥潭中爬了出来。

郑二娃精疲力尽，一身污泥，军装已经看不出颜色了。他一屁股坐到草地上，喘着粗气，摸摸身后的大刀，再摸摸腰间，对大个子红军说："同志哥，你不该救我，青稞被泥泽吞了，我也走不出草地了。"

大个子红军瞅了他一眼，立刻从身上解下自己的米袋，麻利地系到郑二娃满是污泥的后腰上，然后用低沉的声音叮嘱道："别急着赶路，先把气调匀，恢复体力再前进。记住，千万别睡着，宿营后先把衣服烤干！"说完，大个子红军便一瘸一拐地朝前奔去。

郑二娃抓着大个子红军留下的米袋，心里一阵阵发紧：把米袋留给我，他吃什么？他靠什么走出草地？失去维系生命的给养，他能坚持多久？郑二娃想不下去了。

黄昏的时候，郑二娃看到前方有一处高地，高地上有三根棍子支着，中间吊着一个钢盔，下面是一堆已熄灭的柴灰，旁边趴着一位红军战士。他惊喜得不行，这是他掉队后第二次见到自己的同志。他三步并作两步地奔到跟前，一眼就认出趴在草地上的红军战士，正是留给他米袋的大个子。只见大个子身体蜷曲，匍匐在地上，半张脸埋进泥草里，露出的半张脸呈青紫色，嘴角有瘀血。郑二娃赶紧上前,摸了摸大个子红军的鼻息,大个子红军已经牺牲了。

郑二娃的目光移向悬吊着的钢盔,只见钢盔里漂着几片野菜叶,菜叶中有几段煮熟的蛇肉,突然他仿佛明白了什么。郑二娃反手把大刀抽出来,一刀砍向晃动的钢盔,砍向钢盔里夺命的毒蛇肉。钢盔和大刀碰到一起,爆出一串闪闪的星火。

掩埋了大个子红军,郑二娃把大个子红军的八角军帽扣在坟头上,帽檐和五角星正对着红军前进的方向。

夜幕降临,郑二娃后退三步,举起右手,含泪向坟堆行了个军礼,然后转身,拄着棍子朝前奔去。

妙笔鉴赏

红军战士郑二娃在过草地时掉队了。为了抄近路赶上大部队,郑二娃不慎陷入了沼泽地。生命垂危之际,他想到的是把自己仅存的青稞米袋留给后面来的战友。一位大个子红军战士及时赶到,挽救了他的生命,并不由分说地把自己的粮食让给了他。当郑二娃再次见到大个子红军时,这位救人让粮的红军战士因为误食毒蛇肉而不幸牺牲了。与洋溢着革命乐观主义精神的《那团青稞面》有所不同,《草地星火》更显悲壮。

纸 飞 机

○ 林朝晖

红军二连经过一条林荫小道时,草丛中忽然窜出一个衣不蔽体的男孩,他冲着连长黄其明大声喊:"首长,我要当兵!"

黄其明掉过头,望了这位个头还没枪高的男孩一眼后,慈祥地说:"小鬼,你还小,等长大了再当红军吧!"

"不行!我一定要现在就当红军。"男孩梗起脖子。

"为什么一定要当红军?"

"因为我是孤儿,不当红军,就要活活饿死。"

男孩的话震撼了黄其明,他把男孩紧紧地揽在怀里。

男孩名叫林二双,当红军那年还不满十五岁。在红军二连,大伙儿都把他当小孩看,重活、累活不愿让他干,有好吃的都分给他吃,危险任务不愿交给他,搞得林二双很不高兴。他经常找连长黄其明发牢骚,说他早就是大人了,啥活儿不能干呢?!

事实上,林二双也懂得大伙儿心疼他,但他不领这份情,总希望自己有一天能做出让人刮目相看的事来。记得有一次挖战壕,时值天寒地冻的季节,土硬石坚,一镐下去,虎口都震得发痛。林二双那天干得格外卖力,手背上布满了小裂口,仍然不歇手。干完活,林二双的镐柄上沾满热乎乎的血迹。连长和战友们看到那镐柄,都心疼得掉了泪。

十五岁是个洒满阳光的年龄,可林二双早早就失去了父母。战友们问他父母为啥这么早就离开了人间,林二双总是低着头不说话,大伙儿便不再往林二双受伤的心灵撒盐,就想方设法逗林二双开心。

"二双,你最喜欢什么?"大伙儿问。

"飞机。"林二双眨巴着天真无邪的眼睛。

"飞机是啥样子的呀?"

林二双张开双臂,做了个大鹏展翅的动作。

林二双是在红军与白匪的一次激烈的战斗中第一次看见飞机的。那天,他突然听到空中传来巨大的"嗡嗡"声,抬起头,只见一个像老鹰的巨大怪物从天上飞过。

"卧倒!"连长黄其明一声喊叫,大伙儿齐声卧倒,唯独林二双眯着眼,张大嘴巴,愣愣地望着天上稀奇的庞然大物。

情急之下,黄其明把林二双按倒在自己的身下。林二双刚倒下,身边就传来飞机扔下的炸弹的巨大爆炸声……

那次战斗结束后,黄其明告诉林二双,白匪的飞机在空中飞,飞机既是魔鬼,也是天使。它可以向地面投放炸弹,也可以载着客人飞向想去的地方。

听了连长对飞机的描述,林二双的心里便有了小秘密。

"为什么喜欢飞机?"战友们好奇地问道。

"因为……"答不上来的林二双小心翼翼地把手伸进内衣口袋,从口袋里慢悠悠地摸出早已折叠好的纸飞机。

他张大嘴，朝纸飞机哈了口气，然后张开手臂，迎着风放飞手里的纸飞机。纸飞机在空中飘飘荡荡，林二双的目光就像一根拴在纸飞机上的细细的线，纸飞机飞到哪里，林二双的目光就跟到哪里。

纸飞机带给林二双很多美好的遐想。有一次，二连翻过一座高高的山峰时，林二双忽然停在了山顶，踮起脚尖眺望远方。

黄其明问："小鬼，你在看什么？"

林二双的手往前方指了指，说："我的家乡就在那里！"

黄其明知道这儿离林二双的家乡有十万八千里，但他实在不愿让林二双对家乡的美好梦想破灭，便敷衍道："对，前面不远就是你的故乡。"

林二双感情的闸门在这一刻打开，他从身上摸出纸飞机，使出全身的劲，把纸飞机掷向天空。

纸飞机就像雄鹰在蓝天白云下展翅飞翔。陶醉在美好幻想中的林二双梗起脖子，粗着嗓子喊：

"爸爸，我坐飞机来看你们了——"

"妈妈，我坐飞机来看你们了——"

林二双把所有的感情都融进这一声声啼血的呼唤之中。这缀满悲伤和泪水的声音在山谷间回荡，战友们都被这声音震得流下了眼泪。

后来，二连随主力部队长征。行军中，林二双的脚趾被冰雪冻坏，开始溃烂，他从老百姓家里借来斧子，独自一人悄悄躲到角落里，挥起斧子，狠狠地把自己溃烂的小脚趾剁掉，然后用布把血迹斑斑的脚简单包扎后，一拐一拐地跟上部队。

二连在经过一个村庄时，遭到了白匪军的伏击，阵地上霎时间浓烟滚滚，火光闪闪，火药味呛得人喘不过气。二连的装备比较落后，机枪少，子弹也不多，手榴弹大多是自制的马尾手榴弹，落到地上很多都不开花，而白匪军的装备则精良许多，他们朝二连阵地发起猛攻。一场短兵相接的肉搏战展开了，枪声、手榴弹爆炸声、喊杀声响成一片。

红军战士英勇善战，白匪军很快被打得狼狈不堪，节节溃败，开始向后撤退。异常勇猛的林二双，早已忘了脚趾的疼痛，像猛虎一样跃出战壕，奋力追赶白匪头目黄权。他一边追赶，一边射击，连续击毙了白匪头目身边的几个亲信。眼看即将追上白匪头目了，白匪头目忽然掉过头，举枪朝林二双射击。子弹击中了林二双的胸脯，林二双像一朵凋谢的百合花，轻飘飘地倒下了。

战友们被彻底激怒了，一梭梭愤怒的子弹一齐射向白匪头目，白匪头目顿时被打得千疮百孔……

一场血肉横飞、惊心动魄的战斗结束了。

当黄其明抱起血淋淋的林二双时，他朝黄其明艰难地笑了笑，然后，鼓起全身的气力，望了望远方。

"连长，将来我有机会坐上飞机吗？"

林二双细弱的声音听起来如同从另一个世界飘来，眼含热泪的黄其明点点头。

"连长，如果我能坐着飞机，去见天堂里的父母，那是一件多么幸福的事呀！"林二双说着，眸子蓦地闪亮了一下，脸上漾出幸福的微笑……

带着幸福的梦，林二双离开了人世。

黄其明在整理林二双的遗物时，发现他的内衣口袋里装着一只折叠好的纸飞机。纸飞机已经被鲜血浸透了，但令人感到困惑的是，纸飞机的棱角依然完好无损，摸摸纸飞机的两翼，居然像钢铁一样坚韧。黄其明使出浑身力气，把纸飞机掷向空中。这时候，不知从哪儿刮来一阵风，把纸飞机刮得很高很高……

妙笔鉴赏

是什么让红军战士不惜远离家乡、跋山涉水？是什么支撑着红军战士不畏艰险、浴血奋战？是保卫人民群众、守护美丽家园、创造美好生活的梦想。在这篇作品中，这个梦想就是林二双口袋里的"纸飞机"。

传 家 宝

○慕 榕

　　红三团的主力到外线执行任务去了，敌人的小股部队趁机深入根据地腹地，企图偷袭红军后方医院和乡苏维埃政府机关。负责留守的六连是唯一的作战部队，红三团首长命令六连就地阻击敌人，一定要坚守四十八小时，等待主力回援。

　　两天一夜过去了，六连连续打了几场恶仗，所幸阵地还在手中，敌人未能进犯分毫。敌人的进攻再一次被打退后，六连还能战斗的仅剩三十多人了。比牺牲更可怕的是饥饿，战士们已一天一夜粒米未进。战场上，战士们可以不顾一切地抡着大刀冲锋陷阵，与敌人血战，好像浑身有着使不完的劲儿。可是，一旦敌人被打退，可以暂时松口气了，战士们便觉得头昏眼花，只有靠大刀撑着，方能站稳脚跟。

　　看着歪在战壕里的战士们，赵连长的心在滴血——都是半大小伙子，正是长身体的时候，肚子里一点儿东西都没有，那感觉抓心挠肝的，难受啊！眼看天就要黑了，敌人很快又会组织新一轮进攻，六连还能顶得住吗？

　　赵连长干咳一声，说："同志们，再坚守一夜，等主力部队到了，咱们就可以休息了。"

"连长，饿得腿都软了……"大个子李火木有气无力地说。

"是啊！哪怕有根地瓜也行啊！"

"白匪咱不怕，就怕肚子造反啊！"

…………

炊事员小石头跑了过来，笑嘻嘻地说："同志们，我把咱们连的下蛋鸡杀了，正在锅里炖着，一会儿就熟了。"

"小兔崽子，你怎么把下蛋鸡给杀了？"赵连长一听，跳了起来。

"连长，我看大家饿得实在撑不住了，就……就自作主张……"小石头怯怯地低着头。

赵连长无可奈何，指着小石头道："你啊你啊，等打完仗再跟你算账。"

"嘻嘻嘻……"小石头又笑了。

战士们一窝蜂地来到伙房，李火木迫不及待地掀开锅盖，用力嗅了嗅。锅里水汽蒸腾，依稀可见一只黄澄澄的鸡卧在陶罐里，浑身油光发亮，鸡汤泛着一层晶亮的油。

"没闻到香味啊！炖多久了？"李火木回过头来，疑惑地问。

小石头支吾道："大概……半……半个小时吧！"

"你小子又舍不得柴火吧！"赵连长抓起一根筷子，"我瞧瞧。"

"别扎！"小石头见状，吓了一跳，连忙伸手要拦住赵连长。可是，赵连长手中的筷子已经伸进了陶罐里。

赵连长用力扎了扎那只鸡，突然脸色一变，手中的筷子立即收了回去。"臭小子，照你这么炖，猴年马月才能吃上鸡肉、喝上鸡汤？赶紧加柴火！"赵连长迅速盖上锅盖，脸色恢复了原样。

"好嘞！"小石头高兴地应道，连忙往灶膛里塞了两块木头。

前方战士报告，敌人又攻上来了。

赵连长一听，把筷子狠狠地摔在地上，神色坚毅地说道："这群白匪，连鸡也不让咱们好好吃。那咱们就效法关公'温酒斩华雄'，等把白匪打下去了，再回来吃鸡肉、喝鸡汤，怎么样？"

"好！这个主意好！"战士们听了，连声叫好，个个仿佛关公附体，热血沸腾，摩拳擦掌。

霎时间，阵地上杀声震天，六连的战士们把手中的大刀舞得虎虎生风。他们想着打完这一仗就有鸡肉吃、有鸡汤喝，于是人人如下山猛虎般冲入敌阵，左劈右砍。敌人想不明白，一群连饭都吃不饱的泥腿子，打起仗来怎么这么不要命！

这一次，六连不仅把敌人的进攻打下去了，还撵着敌人跑，一口气把他们赶出了二里地。

回到营地后，战士们有说有笑地来到伙房，赵连长缓缓打开锅盖，端出了那个陶罐。战士们围上前去，却被眼前的一幕惊得目瞪口呆。卧在陶罐里的哪是什么母鸡啊，竟然是一只用木头雕刻的"木鸡"。

看着战友们惊愕的神情，小石头终于委屈地哭了："呜呜……连里的下蛋鸡，前两天就被我杀了给伤员补身子。我……我实在拿不出东西给大家吃了，这才……才迫不得已雕了一只木鸡，就是想激励大伙儿……"

战士们听了，都苦涩地笑了笑。赵连长摸着小石头的脑袋，说："难为你了！"

远处响起了嘹亮的冲锋号，红三团的主力杀回来了！

后来，那只母鸡木雕一代代传了下来，成了红六连的传家宝。同时，这个感人的故事也被人传颂至今，成了红六连血脉里最澎湃的红色基因。

妙笔鉴赏

为了保卫红军后方医院和乡苏维埃政府机关，红六连已连续奋战两天一夜，几乎到了弹尽粮绝的地步。就在这时，炊事员小石头说他把连里的下蛋鸡杀了，正在锅里炖着。于是，赵连长号召大家打退敌人的进攻后，再回来吃鸡肉、喝鸡汤。战士们如下山猛虎，把敌人撵出了二里地。结果回到伙房一看，锅里炖的竟然是一只用木头雕刻的"木鸡"，下蛋鸡前几天就被杀了，给伤员补身子了。作品行文细密，语言质朴，有悬念、有照应、有起伏，结构十分精巧，充分体现了红军战士的革命乐观主义精神和英雄主义精神。

守 望

○ 尹小华

双望和庆莲定亲不久，抗美援朝战争就爆发了。双望高呼着"抗美援朝，保家卫国"的口号，加入了志愿军队伍。临走的那天晚上，两人在村边的老槐树下见了个面——半个月亮在云层里时隐时现，他们在老槐树旁靠了一会儿，说了几句话。庆莲送给双望一副亲手做的鞋垫，双望拉了一下庆莲的手，然后一人朝西，一人向东。

庆莲不唤双望的名字，叫"那谁"。那谁走后，庆莲心里就觉得空荡荡的。那谁在家时，庆莲常能见到他。比如，有时村里开会，还有在庙会上，庆莲都会在熙熙攘攘的人群中寻找那谁。当庆莲终于看见他时，心头"嗡"的一声，似乎达到了某种目的，便转身往回走。是的，在那些场合下，只是看一眼，庆莲心里就暖暖的。那谁这一走，再想看见可就不容易了，庆莲不由得叹息了一声。声音虽轻，还是被自己听到了，庆莲不由得一惊，生怕被娘也听到了，说她有心事。

庆莲在地里干农活时，也不住地东想西想，想来想去总离不开那谁。那谁不用干农活了，跨过鸭绿江打侵略者去了。庆莲这样一想，就紧张起来：枪子儿哪有长眼的？那谁要是有个好歹怎么办？这种念头刚刚冒出来，庆莲就笑自己傻——要是人人都贪生怕死，还怎么打胜仗？接下来，她又盼着那谁英勇杀敌，荣立战功。这时庆莲一抬头，只见空中飞来一只鸟，那鸟"叽喳"叫了几声，又飞走了。庆莲想：如果鸟知晓自己的心事就好了，可以飞去看看那谁。

收工后，庆莲来到小河边，看见了水里自己的影子。照理说，她熟悉自己的长相，可每次都忍不住在水里照一照，但又不敢久照，停留时间稍长，脸就发烫。回家时，她路过村边的老槐树，树上又有鸟在叫。她停下来，抬头望望，引来更多的鸟"叽叽喳喳"欢叫起来……那一刻，她真的以为那些鸟是那谁派来的信使。她想，若是自己能听懂鸟的话语该多好。

有一次，庆莲站在老槐树下朝东张望时，巧遇邻居大嫂路过。大嫂张口便问："有双望的消息吗？"

"没有。"

"这个双望！"大嫂责怪后，又改口道，"打仗哩，可能不得空，双望肯定像你惦记他一样惦记你。"

庆莲听了这话，害羞地低头一笑，但想到那谁不知何时回来，便又陷入了沉默。

大嫂似乎看出了庆莲的心事，说："我帮你打听打听，等有双望的信儿，就马上告诉你。"大嫂的话，给了庆莲一些盼头。大嫂常去县城，那里人多，知道的信儿也多。

几场秋雨过后，天气转凉，庆莲要给那谁做双棉鞋。她边纳鞋底，边像云一样游移着去了大嫂家。大嫂知道庆莲是来打听双望的音信的，但她不说破，只说庆莲鞋底纳得密实。闲聊一阵后，绕来绕去，庆莲还是绕不过那谁。大嫂摸着庆莲手里上好鞋帮的棉鞋说："仗总会打完的，你把日子过好，等他回来。"

从那天起，老槐树下少了庆莲张望的身影。她穿梭在房前屋后、田间地头，洒扫庭院，春种秋收，时光在忙碌的生产劳动中悄然而过。柜子里新纳的鞋早已攒了厚厚一摞。

两年多后的一天，庆莲又一次去大嫂家，终于得到了一个消息——战争结束了。

成群结队的人们载歌载舞地迎接志愿军将士凯旋，庆莲远远地望见队伍里那个熟悉的身影，他胸前的红花在阳光下格外耀眼。庆莲的心剧烈地跳动起来，"怦怦怦"，一阵紧似一阵，好像要从嗓子眼儿里跳出来了……

后来，庆莲成了我奶奶。

妙笔鉴赏

双望和庆莲定亲不久，双望就加入了志愿军队伍，参加抗美援朝战争去了。定了亲又没有过门的闺女庆莲，悄悄地日夜牵挂着双望，又羞怯不敢声张。庆莲不唤双望的名字，叫"那谁"。"那谁"这一称谓，极为微妙地刻画了一位纯洁善良的村姑的心理活动。作品"贴着人物写"，不枝不蔓，分寸精准，实为上乘力作。

一支老枪

○ 何君华

自从我们镇派出所开展"缉枪治爆"专项行动以来,每隔一段时间,派出所就能接到辖区群众主动上交的枪支。说是枪支,主要是一些农民自制的猎枪、土铳之类的器具,真正算得上枪的,这还是第一支。

我说的这支枪,是一支标准的6.5毫米口径的三八式步枪。三八式步枪,就是我们通常所说的"三八大盖",因枪机上有一个随枪机连动的防尘盖和机匣上刻有"三八式"字样而得名。三八式步枪为手动步枪,抗日战争时期,日寇侵略中国时使用的制式武器,主要就是这种步枪。

辖区群众手里怎么会有这样一支枪呢?从枪支上的斑斑锈迹就能看出,这支枪的经历绝对不简单。

说起来,上交这支枪的人也不寻常,不像往常来交自制猎枪、土铳的,都是些青壮年打猎爱好者。这是一位白发苍苍的老奶奶,看上去有八十多岁了。

在我们的接待室里,老奶奶给我们讲起了这支枪的故事。

原来,老奶奶名叫李凤梅,这支枪的主人是她的老伴王安国。

王安国老人出生于 1930 年 10 月，家住本地红安县，曾带着这支枪参加过解放战争和抗美援朝战争。

王安国老人是 1948 年参加解放战争时分配到这支枪的，而这支枪还是当年我军从抗日战场上缴获而来的。中华人民共和国成立一年后的 1950 年 10 月，他又带着这支枪随第一批中国人民志愿军抗美援朝出国作战，参加过上甘岭战役等多场战役。1951 年 7 月，王安国老人在抗美援朝前线加入中国共产党。

解放战争时期，王安国老人用这支枪打老蒋。抗美援朝时期，他又用这支枪狙击美国侵略者。李凤梅老奶奶回忆，王安国老人曾不止一次说起过志愿军入朝后第一次作战的情景：敌人仗着武器先进，轮番轰炸阵地，他们全连官兵血战三天三夜，打退了敌人二十多次进攻，尽管他的"三八大盖"是单发步枪，到最后也打得发热发红，可见战斗之惨烈。

王安国老人究竟用这支枪击毙了多少敌人，现在已经无法确知了。不过没关系，李凤梅老奶奶随身带来的那一叠集体立功纪念证和功劳证就能说明一切。

让我们感到疑惑的是，按照规定，退伍时枪支不是应该交还部队吗？通过李凤梅老奶奶的讲述，我们知道了这支枪更多的故事。

原来，王安国老人是"退伍不退役"。1957 年退伍回到家乡后，王安国老人又担任了本地的民兵连长。三八式步枪的特点是射程远、精度高，极适合用来训练新兵。退伍后的那些年，王安国老人不知又用这支枪集训了多少民兵，教会了多少人正确使用枪支。

红安县是闻名全国的将军县。大革命时期，这里打响了黄麻起义第一枪，诞生了红四方面军、红二十五军、红二十八军三支红军主力部队，牺牲了十四万英雄儿女，在册革命烈士有两万多人，诞生了二百二十三位开国将军，因此这里被称为"新中国第一将军县"。光环背后，是数不清的像王安国老人这样的人民英雄和革命先烈。

从1948年参加解放战争，到1950年自愿参加抗美援朝出国作战，再到退伍后回到家乡担任民兵连长，王安国老人一直使用这支功勋卓著的三八式步枪。我们不禁好奇，王安国老人现在怎么样了？为何要将这支战功赫赫的枪交给派出所？

问到这里，李凤梅老奶奶的表情变得哀伤起来。原来，就在前些天，王安国老人去世了。

李凤梅老奶奶说，王安国老人生前尽管年事已高，但仍惦记着再次为国出征，随时等待着国家召唤，因此他每天都不忘锻炼身体，退伍几十年来，一直保持着在部队时的生活习惯，身体格外硬朗。可上个月在公园锻炼时，他不小心跌了一跤，没想到就这样走了。

王安国老人去世了，他再也用不上这支枪了。李凤梅老奶奶又恰好看到了我们的"缉枪治爆"专项行动告示，于是就想到了将枪上交派出所。

办理好收缴登记手续后，李凤梅老奶奶长长地吁了一口气，久久地看了一眼那支枪后，依依不舍地离开了。

我知道李凤梅老奶奶有多么舍不得，那是王安国老人最为珍视的遗物啊！我打算马上向上级领导请示，集中销毁不应该是这支枪的结局，革命博物馆才是它最好的去处。

★ 远逝的雄鹰

妙笔鉴赏

一支缴获的"三八大盖",隐藏着一段波澜壮阔的革命历史。随着见证者李凤梅老奶奶的讲述,王安国老人金戈铁马的革命生涯便一一呈现在读者面前。解读"三八大盖"的经历的过程,也是王安国老人的人物形象立体化的过程。"新中国第一将军县"红安县背景资料的引用,增强了小说的真实性和小说内涵的厚重感。

神秘的手势

◎ 李晓东

　　临水县西部横亘着一条南北走向的山脉，绵延数十里，犹如一道天然屏障。其中，主峰樟源岭巍峨耸立，自古就是兵家必争之地。

　　樟源岭东面的山坳里，有李家村和张家村两个小村庄，相距不到三里路。两村偏僻闭塞，却风景秀丽，而且历来崇儒重教，相传历史上出过三个秀才和两个举人。因此，当地流行一句话："三个秀才两个举，张李在一起。"李阶就出生在李家村。1942年，日本鬼子进犯时，李阶才十六岁，他很会读书，却因家贫被迫辍学。

　　这年农历四月二十日，日寇派出数十架飞机轮番轰炸占坪老街；农历四月二十一日，鬼子又烧毁明水老街。当时，许多百姓无家可归，到处"躲反"，有不少人白天逃往樟源岭的深山密林里，夜里就躲到李家村过夜，他们几乎挤满了村里的每个房间。

　　临近端午节时，每天乌云密布，暴雨如注，没完没了。当时，我军和鬼子在樟源岭上展开拉锯战，激烈交火。李阶待在村里，不时听到机枪和迫击炮的响声，胆战心惊。

　　一天，一伙鬼子荷枪实弹从樟源岭下来，闯进李家村。他们见鸡就捉，把鸡绑在刺刀上，见猪便用铁器砸死，砍下四条大腿就拖走。李阶见了，赶忙躲进家里。

不久，从门外冲进来三个鬼子，其中两个端着明晃晃的刺刀，凶相毕露，另外一个龅牙的鬼子狞笑着，朝屋里"叽里呱啦"地说着什么。李阶半句也听不懂，干着急。龅牙也急了，做了一个诡异的动作，将两手的拇指和食指围成一个圆圈。

这手势到底是啥意思呢？

是要银圆吗？李阶家里哪有什么银圆？为了保命，只见李阶的爷爷赶忙走进厢房，从箱底摸出一把铜钱递给龅牙。可是龅牙不住地摇头，还连连摆手，怒目而视。这就奇怪了！

李阶的爷爷急得额头冒汗。他再次走进厢房，从旧衣柜里摸出一只银项圈，正是李阶小时候戴的。这银项圈算得上是家里最值钱的宝贝了。

可是，龅牙依旧摇头晃脑。

是要摘桃子吗？李阶的奶奶恍然大悟，因为门前院子里的水蜜桃熟了，又大又红，怪馋人的。她正要出门去摘桃子，龅牙见了，赶忙拦住，急得脸上青筋暴露，"叽里呱啦"地乱叫一通。李阶的奶奶听不明白，站着发愣。其他两个鬼子见状，目露凶光，晃动着刺刀，一步步逼近她。

就在这危急关头，李阶不知哪里来的勇气，竟笑着走上前，朝鬼子示意自己要去拿东西。鬼子们一齐注视着李阶，良久，才点头默许。只见李阶走进房间，弯着腰钻到床下，从一个旧瓦坛里摸出六个鸡蛋，递给龅牙。顿时，龅牙得意地笑着，竖起大拇指，还从口袋里拿出一包香烟，并抽出一支递给李阶。李阶不敢接，龅牙瞪着眼睛，李阶只得接过。

不久，三个鬼子总算走出家门，到别家去了。一家人惊出一身冷汗。李阶长舒了一口气，随手把那支香烟扔到门外。

这天，鬼子们吃饱喝足后，又强迫村里的男人去做挑夫，挑着担子上樟源岭。

战斗结束后，李阶到樟源岭砍柴，发现山上仍留有多具遗体，其中就有龅牙。

数月后，鬼子全部撤出临水，单李家村和张家村被杀害的"躲反"的百姓就有十多个。李阶的爷爷常说，幸亏当时李阶脑瓜灵光，用六个鸡蛋换回了一家人的性命。而李阶听罢，则连连摇头，满脸通红，还朝爷爷做了一个朝上的"7"字形的手势。李阶的爷爷看不懂，旁人也没看懂，以为李阶是闹着玩的，都没当回事。

然而，就在半年后，李阶悄悄地离开了李家村，谁也不知道他的去向。有人说，李阶瞒着家人参加了一支抗日队伍，上前线打鬼子去了。从此以后，李阶再也没有回到村里了。

妙笔鉴赏

神秘的手势，表达的到底是什么意思？面对残暴的鬼子兵，善良的村民李阶应该怎么办？稍有不慎，全村百姓都将有灭顶之灾。作品生动逼真地还原了"鬼子进村"的惊险场景，寒冷刺骨，让今天生活在明媚阳光下的我们仍觉毛骨悚然。前事不忘，后事之师。作品旨在告诉我们，祖国的繁荣富强，是我们幸福生活的根本保障。

再给我吹个哨

◎ 赖大舜

二狗子十六岁了,上树掏鸟,下河摸鱼,不干正事。不过,他有绝活,把一块小铁皮磨得薄薄的,卷成圈儿,做成口哨,含在嘴里,能吹出各种逼真的声音。在山间,他用口哨模仿鹧鸪鸟叫,一会儿,漫山遍野的鹧鸪鸟都叫了;在河里,他用口哨吹出流水的声音,过一会儿,成群结队的鱼儿在他脚下游来游去。

二狗子他爹看在眼里,急在心上,耷拉着脸说:"都快成大人了,整天不干正经事,以后咋找媳妇?"

1935年秋,闽西红军游击队驻扎在冷水坑。二狗子找到游击队刘队长,要参加游击队。刘队长叉着腰,虎着脸,大声说:"你是谁家的小鬼?叫什么名字?把鼻涕擦了,赶紧回家去!"二狗子像晒蔫了的青菜,兴奋劲儿一下子没了,冲着刘队长噘噘嘴说:"我叫二狗子,会学鸟叫。"

刘队长眯着眼睛,"哧哧"笑,说:"打仗是靠真刀真枪的。你的鸟叫声能让白匪浑身发麻,任我们砍脑袋吗?"

二狗子瞄了刘队长一眼,掏出口哨,含在嘴里,吹出了竹鸡鸟的叫声。一会儿,满山都响起了"咯咯——嗒"的鸟叫声。

刘队长哈哈大笑，挥着手说："真行啊，你这个小鬼！好了，好了，收下你了。"

"真的？"

"真的！"

二狗子高兴得跳了起来。

就这样，二狗子成了闽西红军游击队的地下交通员，为游击队送情报、送物资。

敌人对闽西红军游击队实行残酷的"清剿"政策，计口售粮，红军游击队的粮食和物资送不上山。刘队长找到二狗子，说："二狗子，考验你的时候到了！想办法，尽快把粮食弄到冷水坑来！"

二狗子站得笔直，挥起右手，行个军礼，目光坚毅，说："请队长放心，保证完成任务。"他的声音干脆有力。

队伍已经断补给六天了，二狗子还没有来。队员们一个个趴在地上，连站起来的力气都没有了。大家叽叽喳喳，纷纷抱怨。有的说，不应该把送粮食的重任交给二狗子，他毕竟还是个孩子。有的说，反正是一死，不如冲出去，跟白匪拼了！

刘队长拉下脸，大吼一声："安静！相信二狗子，相信我们的交通员！"

队员们顿时安静下来，静得只听得见虫儿鸣叫的声音。

莽莽冷水坑，方圆几十里全是崇山峻岭。二狗子踏着月色，挑着木桶担，深一脚浅一脚地朝冷水坑游击队驻扎地走来。

二狗子刚放下木桶担，队伍里立刻响起了一阵"噼里啪啦"的掌声。队员们来了精神，一个个站起来，揉揉肚子，围了上来，像打了大胜仗似的，把二狗子抛了起来。

刘队长掀开木桶盖，惊愕，怒了！木桶里面装的竟是牛粪和猪粪。队员们纷纷掩鼻摇手。刘队长拉长了脸，手指着木桶，厉声问："二狗子！这是怎么回事？"

　　二狗子不慌不忙，提起木桶，用力一甩，甩掉了牛粪、猪粪。他小心翼翼地把桶底取出来，里面露出了白花花的大米。他又立起竹竿扁担，挥舞镰刀，轻劈几下，竹竿扁担裂开了，大米像瀑布般落了下来。

　　刘队长乐了，摸着二狗子的脑袋，乐呵呵地说："小家伙，你这个双层木桶、掏通竹节的扁担，不但骗了白匪，也骗了咱们游击队呀！"

　　"哈哈哈哈！"又是一阵"噼里啪啦"的掌声。

　　这天清晨，苍黛凝重。游击队驻扎地传来了竹鸡鸟的叫声："咯咯——嗒，咯咯——嗒。"声音急促而响亮。刘队长眉头紧蹙，他明白，这是二狗子发出的情报。有敌情，得马上转移队伍。

　　"立即集合，马上转移！"刘队长一声令下，队伍以最快的速度离开了冷水坑驻扎地，转移到了安全地带。

　　队员们在冷水坑哨岗的废墟边找到了二狗子。二狗子身中数弹，倒在血泊中。他面带微笑，眼睛睁着，嘴里含着口哨，好像还在使劲地吹着。

　　刘队长扑跪下去，摇晃着他，大声哭喊："二狗子！二狗子！你醒醒！你不许死！你不许死！你再给我吹个哨！"

　　"咯咯——嗒，咯咯——嗒"，清脆而悦耳的竹鸡鸟叫声仍在山间和鸣。队员们的眼里盈满了泪水，他们齐齐脱帽，立正，举起右手，向二狗子行了一个最沉重的军礼。

我在参观当地革命纪念馆时，在纪念馆的玻璃展柜里，看到了一个铁皮口哨，旁边的白纸上赫然写着：闽西三年游击战争时期，地下交通员二狗子生前使用的口哨。

妙笔鉴赏

　　中央红军主力长征后，留在闽西牵制敌人的红军部队进行了艰苦卓绝的三年游击战争。农家少年二狗子就是在这种严峻的形势下，强烈要求加入红军游击队的。二狗子信仰坚定、机智勇敢，他的口哨发出的急促的竹鸡鸟叫声是报警信号，为游击队安全转移赢得了时间。最后，二狗子英勇牺牲了。作品的最后一段，是历史与现实的交汇。

残 画

○ 钟茂富

汀州接头户李十一,在城北开了一家字画店,名叫"摸画堂"。所谓摸画,是说凡交过"摸礼"之人,皆可于暗室挑一字画。因其展品十幅必有一真,常有人"摸"得真品,久而久之,人称其"李十一"。暗地里,李十一却要依仗自身能耐,完成筹集款项等多种任务。今日单表李十一智斗军阀头目,既得"摸礼"赏金,又诱其自毁名画的一段佳话。

这一年,广东军阀严从德来到汀州城。严从德,黄埔四期毕业,雅好古画,算是儒将。在国民党"围剿"中央苏区时,他带一个师驻扎在粤东、闽西一带。

他听闻汀州李十一手头有真画,派人问清地址后,便带了随从,乔装直奔摸画堂。

李十一年过六旬,遒劲的须眉下藏着一双深邃的眼睛,言谈举止给人高深莫测之感。他见来人一袭长衫,举止儒雅,便起身迎客。严从德拱手还礼,说慕名前来,看能否"摸"得一画。李十一说:"人找画,画也找人,看缘分。不过,丑话说在前头,按惯例,先生要先拿五个摸礼钱来!"严从德当即命人掏出五个银圆,放在桌子上。李十一带严从德走进暗室，命人点上蜡烛，对他说："这壁上有十幅画，任由先生挑选。挑不挑得上，全看先生的福分了。"

严从德举起蜡烛，逐一看过去，第一幅是《仕女图》，第二幅是《三友图》。第三幅是《听雪图》——画中一位书生站在大雪纷飞的夜里，侧耳倾听雪花飘落的声音，书童睡了，桌上散落着三两枚棋子。青松苍劲拙朴，书生容颜不老，茶不曾凉，棋还没有下完，雪正簌簌地下着。

严从德赞叹着走了过去："笔墨高古，皴擦老到，师傅好笔力！"

李十一笑着附和："先生好眼力！"

严从德在《双喜图》前站定。只见画面上一只喜鹊腾空而飞，另一只据枝俯向鸣叫，引得坡下野兔倏然回顾。画中树木因风而生倾俯之姿，神韵无穷，画风轻灵，笔墨神妙。

严从德十分恭敬地站在画前，细细抚摩，如视家珍，然后郑重地转过身，说："就是它了！"

李十一叫人奉上绿茶，说："客官，你有福气，得家传古画，也算是有缘人了！"

严从德一听大喜，满脸顿溢光彩，忙命人掏出赏钱，送给李十一。

李十一接过赏钱，又问道："我看客官气度非凡，绝非寻常之人！能否告之尊姓大名，好让我记下此画的下落？"

严从德迟疑了一下，笑道："师傅好眼力！鄙人姓严，名从德。"

李十一一听是严从德，不禁目瞪口呆，半晌才平静下来，施礼道："严师长真乃洪福之人！此画传承千年，实乃宝中之宝！今日既归了先生,画中实情,鄙人还是要告诉先生!"

"请讲!"严从德说。

李十一拿来放大镜,对着画中右侧树干一照,只见隐蔽处写着:"嘉祐辛丑年崔白笔。"

"先生知道作者是谁吗?"

"说来听听。"

"崔白是仁宗朝时的宫廷画师。其时,仁宗长女福康公主嫁给驸马李玮后,因不得幸福,遂与宦官梁怀吉产生情愫。事情败露后,公主精神崩溃,后在宫中去世,年仅三十三岁。画师十分同情公主的遭遇,遂画两只喜鹊借喻公主与梁怀吉,那只野兔则暗喻驸马,所以此图名为《双喜图》,实则双悲!"

"哦!"严从德应了一声。

李十一喝了口茶,继续说:"据我所知,此画流传千年,已有灵性。若要留得此画,须破主人毒咒!"

严从德问:"怎么讲?"

李十一说:"实不相瞒,这画原是我婆婆所藏,系中山先生所赠。我婆婆无儿无女,老伴在'北伐'中死去,她受不了兵荒马乱的折磨,就在自家屋里自尽了。她死时心有不甘,曾在画前发下毒誓:'凡得此画,如奉先生;肃立画前,若不见喜鹊眨眼,不得此画;强之,必不得安宁。'"

严从德问:"此话当真?"

李十一说:"当真!"

严从德:"鹊眼当真?"

李十一点头:"当真!"

101

严从德问:"如何破咒?"

"枪打鹊眼,鹊流红泪,可破!"

严从德半信半疑,让人举着蜡烛靠近古画。烛光悠悠散开,照得暗室肃穆庄严。他掏出手枪,凝视古画。屋里气氛骤然紧张,众人屏住呼吸,空气死一般阴冷沉寂。突然,屋里似乎传来一声轻轻叹息,一个女人的叹息,阴森森的,不带一丝人的气息。严从德盯着古画,树上的喜鹊似乎正在诡异地笑着,定睛再看,那喜鹊的眼睛竟真的在轻轻眨动……他浑身汗毛竖起,"砰"的一声,子弹打在喜鹊的眼睛上。众人再看时,只见喜鹊眼里正流出猩红的眼泪。

李十一爽朗大笑。

严从德万分懊悔地叹了一口气,呆呆地捧着那幅残破的古画。

妙笔鉴赏

本文另辟蹊径,娓娓讲述了一个充满时代感的红色故事:大革命年代,作为隐蔽战线上的一员,李十一既要借助特殊身份完成筹款、接头等革命任务,又要应对来自各方人员的"造访"。李十一诱骗军阀头目自毁名画,从表面上看是物质层面的抗争,本质上却是精神层面的较量,其"言外之意"借"咫尺篇幅"铺展开来。作品巧妙地安排情节,通过捕捉人物的语言、神态,从而使故事张弛得宜,增添了作品的艺术感染力。

拒 绝

○ 骆 驼

我回去的时候,父亲正在老家的院坝里发呆。几根倾斜的柱子,让人不敢多看。见我回来了,父亲突然来了精神。但这样的神色仅在父亲脸上存留了几秒,便逝去了。

我理解父亲的苦衷,祖辈留下的老房子,在父亲眼里,该是何等重要啊。如果不是为了守它,父亲或许早就随我们进城了。多年来,父亲都以看守祖辈留下来的老房子为由,单独在老家生活。这次,我心里暗喜,或许这是个绝好的机会吧!

父亲说:"我找你三表叔看过了,这房子还可以修好。"我心里一惊,三表叔在老家有点名气,全村大部分旧房子都是他带领人修整的,他的话,父亲是相信的。

我看了看父亲,没有言语。我说:"我先去转转。"逃过父亲的视线后,我就朝三表叔家走去。我必须尽力说服他,让他阻止父亲再修整旧房。不然,父亲余下的时光,还将在老家度过。

没想到,曾经受过我无数恩惠的三表叔,居然拒绝了我!三表叔说:"没办法啊,侄子,你爹那脾气,没办法啊!"

回去之后,父亲说:"我准备今天开始修整房子了。你帮我打打下手吧！"说完，父亲便开始在院坝边和泥巴了。父亲的身子大不如前，他每和一下泥，都显得力不从心。

我颓然地坐在了老家的院坝边。回想起来，我已经二十多年没做过农村的体力活了，看到这些，心里就发怵。我走到房屋拐角处，拿出手机，给在老家镇上当领导的同学打电话搬救兵。同学告诉我，我们家是前几天定下的重灾户，志愿者下午就能到。

没想到，当知道我搬救兵的事后，父亲勃然大怒。他说："你不愿意修就算了，还去搬救兵，你这不是给政府添乱吗？！昨天，你那个镇长同学已经派人来过了，我没有答应。就这么一点儿事，还搬救兵？像青川那些重灾区的人，不是要去天上搬救兵？亏你这么多年在外面跑，遇事咋就不晓得轻重缓急？"说完，父亲又开始忙活了。

我独自无语。我想，等下午人到了，父亲也就不会拒绝了。

下午，同学带着几个人来了，还带来了方便面、被褥等救灾物资。父亲看见他们，脸"唰"地一下就白了，少顷，又满脸通红。

父亲像个做错了事的孩子，头埋得很低，我明显感觉到了他的手足无措。父亲将大家让座到院坝的街沿上，回屋取出了一包皱巴巴的香烟，给大家散了。然后爬上院子里的苹果树，采摘了一篮早熟的苹果。没想到，此时父亲的身手竟如此敏捷！我在心里长长地舒了口气！

如你所想的那样，父亲拒绝了所有人，拒绝了所有救灾物资。我满面愧疚地向大家道歉。同学说："你父亲，我们理解，多年前，他就是全市的优秀共产党员，这样的大事面前，他这样的老干部表现出高风亮节，也属正常！你可能不知道吧，就在'5·12'汶川地震的第二天，你父亲就向灾区捐款一千三百多元，还坚决要当志愿者，我们没办法。他吃住在现场，二十多天啊！他肩上和手上的伤，就是救灾时弄的。"

我感到一阵眩晕！父亲每次在电话里都说，他在老家干这干那，一切都好……我默默地来到父亲身边，问："你的伤，好些了吗？"父亲愣了一下，说："知道了啊？没关系的，早就好了。"我说："这么大的事，你该告诉我们啊！"父亲说："自己身上的肉，还不清楚吗？几天就好了！"

我回屋取了把锄头，默默地与父亲一起和泥。父亲长时间地盯着我，我抬头看他时，他满面微笑，我还看见有泪从他的脸颊滑过。

回到成都的第二天，父亲打来电话，问我还累不累。他说："我是共产党员、国家干部，危难关头，尽到了自己的责任，我问心无愧！"

短时的沉默后，父亲说："你给你的镇长同学说说，不是我们这些退休老汉不给他面子，而是救灾物资要用到最需要的人身上，不要搞平均主义。"

我说："嗯！"

父亲又说："还有，我老了，有些话还得给你先说说，这是祖宗留下的规矩。我们罗家祖祖辈辈就没有一人吃过国家救济，再大的灾难，我们都是尽力自救，只要挺过去了，一切就都会好的！"

我长时无言。

妙笔鉴赏

本文题为《拒绝》，拒绝什么？老家的老房子在地震灾害中严重受损，留守老家的父亲一再拒绝社会救助与救灾物资，将机会让给更困难的群众。在大灾大难面前，作品展现了一位优秀党员干部的精神风貌和高风亮节。作品综合运用了神态、动作、语言和心理描写等手法，强化细节，突出个性，使父亲的形象栩栩如生。作品中，"我"是一个次要人物，是故事的见证者和讲述者，在文中起的是穿针引线、推动情节发展的作用。

★ 远逝的雄鹰

奔 生

○李永康

多数人都认识小萝卜头，却不知道我的本名叫宋振中。这个名字是父亲起的，至于其中有啥说法，我却不知道。从懂事起，我第一次见到父亲是在监狱里，而且还隔着很远的距离。有一天，因为一个女看守忘了关门，我冲出去，朝山坡下跑，我和妈妈住的女牢就在山坡上。我边跑边喊："爸爸！爸爸！"一位面容消瘦、头发直立的男子举起手，向我挥舞着，答应道："哎！哎！"他试图向我靠近，几个持枪的看守拦住了他。他望向我，他的眼睛和母亲的眼睛一样，流露出的疼爱和无助，让我不容思考，我可以认定他就是我的父亲宋绮云。母亲告诉我这个名字的同时，还说出了"英俊潇洒"四个字，我也不知道是什么意思。我只是觉得他好高大，两道眉毛浓浓的。一个在山坡上执勤的看守打了我，还把我关进黑屋子。我发着高烧，还是一个劲儿地喊着："爸爸，爸爸，带我出去！"

母亲多次对我说："不该带着你进来的。那时候你太小了，还在吃奶，才刚刚会喊妈妈，你的几个哥哥和姐姐也没有办法带着你过日子。"时间长了，母亲说："我也不知道带着你进来，就出不

107

去了。你父亲是因为别人以妈妈的名义拍的电报'家中有急事速回'而被抓来的。妈妈又是被自称为父亲手下的人以'速将换洗衣服送来'的纸条骗进来的。"妈妈又说,"我以为,把衣服送到,和你父亲见一下面,他们就会让我们娘儿俩回家的。妈妈带着你,是怕你受冻挨饿呀,是奔生的。没有想到,进得来就出不去了。"

"妈妈,我只想天天和你在一起,我只想能见到爸爸。"我这样安慰妈妈。其实,我是多么想像小鸟一样能自由自在地在天空中飞翔啊!

我进来的第三个年头,才被人叫成"小萝卜头"的。

妈妈进来后就没有奶水喂我了,我每顿吃的都是她嚼烂的饭。那饭有一种怪味,我吞不下去,吐出来很多次,就常常饿得哇哇大哭。哭过后,妈妈又嚼饭喂我。菜只有烂白菜和烂萝卜,有一股臭味。有时候,妈妈也莫名其妙地把泪水流在我的脸上。渐渐地,我就长成了头大身细、骨瘦如柴的样子,也就是后来别人写的"头长得很大,身子却很纤瘦"的孩子。有一天,一位睡在我旁边的阿姨说我长得像小萝卜头。妈妈笑了,并应和道:"这个小名还真形象,那就叫'小萝卜头'吧!"于是在狱中,大家都亲切地叫我"小萝卜头",连妈妈也不叫我的真名了。

只有教我认字的"政治犯"黄老师从来不叫我这个小名,而是叫我宋振中。

说起我的读书认字,我还陪着饿了两天多的肚子。那时候,我六岁多一点儿,妈妈和同室的阿姨都不吃饭。我不知道发生了什么。饭摆放在房间门口,大家都坐着不动。我想拿碗过去盛。妈妈说:"小萝卜头,今天的饭里有毒。"我被吓到了,原来大家不吃饭的原因是这里的看守想毒死大家。我当然也不会去吃下了毒的饭，就躺下了。第三天中午，我是被妈妈推醒的，原来我已经饿得晕了过去。妈妈扶我起来，让我喝了几口水，等我缓过劲儿来，她说："小萝卜头，快吃饭吧！因为从明天开始，你要去和一位新来的'政治犯'黄伯伯学习认字了。""绝食"和"罢工"这两个词，就是黄老师告诉我的。黄老师说："叔叔阿姨们是以绝食、罢工的方式，才为你争取到了跟我学习的机会。"

黄老师教我认识了很多字，让我懂得了一点儿道理，我才知道牢房何以名曰"斋房"。我和妈妈住的是"义"斋女牢，爸爸住的是"忠"斋男牢。我传递"东北战局扭转""辽沈战役胜利"等消息给陈叔叔的《挺进报》时，身上有一股使不完的劲儿。我帮妈妈送衣服给"疯老头"，当小小交通员陪他进城时，觉得很骄傲。

1949年9月的一天，妈妈告诉我，她终于可以带着我走了。她说："你爸爸已经早一天上路了。"我就要自由了！我那个兴奋劲儿无法用语言表达。

妈妈要我去给老师辞行，黄老师仿佛早就知道了似的。我还和陈叔叔告别。我告诉陈叔叔，我和妈妈就在今天将要离开这里。陈叔叔默不作声。我还告诉白公馆监牢里的很多人，他们都用奇怪的眼神看着我。他们确实不知道妈妈这次将要带我去哪里。因为没过多久，他们也遇害了。我的哥哥宋振镛，他在《"小萝卜头"宋振中》一书中记下了我和爸爸妈妈在1949年9月6日被国民党特务秘密杀害的事情。他们无视妈妈的哀求——希望放了我，而是当着妈妈的面杀了我，然后才枪杀了妈妈的。那时候我只有八岁多一点儿，离中华人民共和国成立只差二十四天。

妈妈最后是让我用一种给人以希望的方式，和叔叔阿姨们告别的。我虽然离开了渴望过的世界，可是，我觉得我和爸爸妈妈都还活着。我们活在《红岩》一书的第二十章中，活在了读者的心里呀！

妙笔鉴赏

长篇小说《红岩》里的"小萝卜头"的英雄故事，许多读者朋友并不陌生。二十一世纪的今天，作者让"小萝卜头""复活"，并以第一人称的视角，讲述亲历亲闻。全文充满了强烈的真实性与现场感，使人刻骨铭心，心绪久久难以平静。

造 盐 兵

○ 杨国栋

你常常独自伫立在呼啸的海风中，略显黧黑的脸庞上，木讷而又专注地显露出笨拙的身影与飘忽的思绪。你那被放大了许多倍的银色瞳孔中，映现出一幅幅炎夏六月绚丽壮观的雪景。远方雪山座座，高耸云天；近处雪花飞扬，白浪滔天。富于光明的白色，以洁净淡雅的特征影影绰绰地在浪中晃动时，你便感受到了一种生命力的冲动。

你明白，六月不会有雪，南方的海岛更是终年不见雪影，只因为你用辛勤的劳动汗水酿造了一片片雪色海盐，于是你的眼前就每日每日地飘飞着雪花。那雪色闪耀的强光刺得你眼睛疼痛，但你并不晕眩。你在这超强白炽的光亮中，强压苦涩咸腥的海水味儿后，便仿佛产生了蜂蜜入嘴、沁透心肺似的感觉。

三年前，你从那位退役老兵的肩上接过这副晒制海盐供全团官兵食用的担子后，就用你那狭长的黑影和那臂力过人的双手开始了与这片雪色盐场的寂寞对话。这里没有别人，你既是场长，又是盐工。碧波万顷的大海和银光闪烁的盐田既给你壮阔、遥远、旷达的遐想，又给你空荡、孤寂、清冷的袭击。漫漫无垠的海堤、阡陌交错的盐田、图案清晰的闸门、气势磅礴的飞流……在构成古代诗人李白那"飞流直下三千尺,疑是银河落九天"的壮丽景观时,你感悟到的却是浓浓的淳朴与厚实。岛上小山的背后有你依靠的连队,虽然隔得很近,但当你沉浸在颗颗盐粒的制造操作中时,又仿佛离得很远很远,你那孑然的身影久久地嵌印在淡淡的盐水里。

尤其让你刻骨铭心的是,每当你在耙盐、捞盐、晒盐时,看着那海盐雪一样飘飞的时候,总会浮想联翩,在脑海中映现童年时在故乡看到的鹅毛大雪。那雪令人兴奋的最明显的标志,便是孩子们玩的打雪仗与堆雪人,以及乘上雪橇滑行于冰天雪地的游戏。如果说,那时的冒险与刺激让你变得胆大,那么今日的甘苦又为你单纯的性格填补了忍受孤单与寂寞的能耐。那是一种怎样的扼杀天性的孤独与寂寞啊!就像单色飘飞的雪花那样,使你感受到独个人影的清苦与恐慌。此时,你往往会不停地来回徜徉于盐田坎堤间,徘徊在海堤上,用更加艰辛的劳作排遣心中的清冷与孤独。尽管这样,仍然无法抵消你对故乡的思念和对真正的冬雪的向往,于是你只好将之托付于梦。你贡献了一担担供守备团队食用的海盐,还为军队、为国家创造了数十万元的利润。然而当荣耀天使般地降临在你身上时,你却不肯领受。就像那清白的身影伫立在呼啸的海风中那样,你清清白白的档案恰如一张白纸。你仍然孤独,始终没有握住一支彩笔在那白纸上挥洒。这倒并不是因为你不喜欢荣耀,而是因为你总感到空白一样可以激发你的生命活力,让你更加自由自在。这就是你的独到,你的个性。

那一回,你又沉浸在故乡童年的雪景追忆中。一个个颗粒粗壮、浑圆的海盐被你一篓一篓地装入篾筐,又从你手上滑落坎塍,堆积在塍界边。你堆呀、垒呀……最后,你堆垒完海盐才发觉,那塍界边站立着的盐堆的下半身是梯形山堡,而上半身却是你花费心思塑造出来的一个巨大的"雪人"……

人们似乎从你身上嗅到了海风的苦腥与海盐的咸涩,进而从你身上看到了盐的威力,看到了你的骨髓被盐水无孔不入地渗透浸润。你被盐化的身躯矗立在盐田中,像雕像一般动人。那一天,正是严冬酷寒的日子。海风狂啸,吹翻一海恶浪。恰巧首长们来海岛视察。你遇上了他们,他们也见到了你。你如大禹治水似的雄姿,使首长们动了感情。那时,正好有一股泛滥的海潮超越了堤岸,肆意地涌向盐田。眼见海潮即将冲决盐埕、裂毁盐坎、破败海盐,你不顾一切地冲上去,将自己强壮的身躯横亘在那堤岸、闸口上,任凭海浪冲撞,却矢志不移。这情景很容易让人想起黄继光奋不顾身、壮烈牺牲的悲壮画面……

后来,首长们把你抬起来,你身上仍散发出海盐的气味。首长们感动地淌下了咸湿的泪水,叮嘱你好好休养。

你休养两天后重返盐场的那一刻,你的电脑屏幕上照例飘飞着故乡的雪花,多少往事依旧嬗变成雪人的面孔。也许,这就是对你三年来无法抽身返家的一种甜蜜的补偿。

首长说:"你保护了盐田,应该给你记功。"你沉思凝想了片刻,出人意料地摇摇头。接着,你又说:"首长,你们让我回家一趟吧!我就想看看那漫天飞扬的雪花……"

和平年代,部队对军人的最高奖励就是记功,其次是军旗下照相、嘉奖,有精神奖励外加奖品奖金,然后才是准假数天的奖励。你当时选择了最后一项,首长们虽然惊讶,却理解你,很快便答应了你的请求,让你在寒冷的时日飞舟跨海,登上了大陆的回程……

数天的假期过去了。你返回部队,战友们看见你,热情地拥上去,问你在家乡看到雪了吗。你摇摇头,说:"可能是气候变暖的原因,没有想到今年都到深冬季节了,家乡并无瑞雪,连米粒大的小雪子也没有落过……"

战友们立刻浮现出惋惜的眼神,但你又笑了,说:"还是盐场的雪景迷人,而且终年不化。"

从那以后,你那狭长的身影又倒映在咸咸的盐水里。久而久之,人们忘记了你的名字,但人们认识那一片雪样的白色。

妙笔鉴赏

作品写了一个"造盐兵"克服困难,三年如一日默默奉献的故事。小说采用了第二人称的写法,从而快速地让作者融入角色之中,行文运笔充满了感情色彩。第二人称的写法也增强了小说的真实性,拉近了作品与读者的距离,读来更觉亲切。

大 别 山

○侯发山

1938年9月，正值秋天，山上的植被高低错落，远看一片绿色，像是给大别山披了一条绿颜色的毯子。近看，那绿色却深浅不一，墨绿、淡绿、嫩绿等，还有一些红叶、野花点缀其间，相映成趣。偶尔见到一两头黄牛在埋头啃草，那动作像是跟大地亲吻似的，怎么也亲不够；有几只山羊在山岩间跳来跳去……

忽然，"砰"的一声枪响，打破了这里的宁静和安逸——鬼子进山了。准确地说，是一个小队的鬼子，队长唤作野木次郎。"无恶不作"在小鬼子身上得到了详尽的诠释：有的烧老百姓的房子，有的抢老百姓家里的粮食，有的抓老百姓的鸡，有的欺负妇女和儿童……一时间，村子里鸡飞狗跳，浓烟滚滚，火光冲天，哭爹喊娘的声音此起彼伏。到了后来，村里的男女老少都被集中起来。小鬼子们站成一排，端起枪支，嬉笑着，准备把老百姓当作靶子射击。老年人掩面啼哭，小孩子瑟瑟发抖，还有的人瞪大眼睛，呆呆的样子，似乎被吓傻了。

村里的族长江老爹，颤巍巍地走出来，给乡亲们求情。经翻译沟通，野木次郎这才知道江老爹想用自己一个人的性命换取全村人的性命。野木次郎狂笑不已,举起东洋刺刀,想一刀劈了江老爹,又想这样太"便宜"他了,便指挥手下的鬼子挖个土坑,想活埋了江老爹。

土坑很快挖好了,两个鬼子把江老爹推搡到土坑里。接下来,一掀土一掀土地撒到江老爹身上。江老爹冷冷地瞪着野木次郎,满眼的不屑和鄙视。男女老少都跪向江老爹,"呜嗬呜嗬"地痛哭起来。

正在这危急关头,只听"啪"的一声枪响,野木次郎倒在地上。紧接着,密集的枪声响起,那些荷枪实弹的鬼子们全部被打翻在地——八路军来了。带队的是黄连长,击毙野木次郎的那一枪就是他打的。此前,他们活捉了一个日本军官,才知道野木次郎进了大别山。幸亏他们及时赶到,救下了江老爹,救下了全村的百姓。

接下来,黄连长和战士们一起帮助老百姓恢复了正常的生活和生产,之后又在山上挖了数个山洞。黄连长告诉江老爹,这些山洞,平时可以储粮,战时可以藏身。

后来,江老爹的儿子为了打日本人,当兵去了。多年后,江老爹和村里人才知道,他参加的是国民党军队。

1947年11月,深秋时节。跟十年前相比,景致相差无几。山上绿色的植被像是被红颜料染了,深深浅浅,有的趋于黄色……天地间弥漫着冬天的气息。

半个月前,黄团长的部队撤出了大别山,他却不得不留了下来。说实话,黄团长不想留下,他不仅想跟着部队去战斗,更重要的是怕连累了当地的老百姓。现在是非常时期,土匪、国民党兵时不时进山抢夺粮食,骚扰百姓。一旦发现老百姓收留了他,他担心老百姓会跟着遭殃。可是,他的腿被子弹打中,已经感染化脓,想走也走不了。

得知黄团长要留下养伤，老少爷们争抢着收留他：

"住俺家，俺娘会擀面条。"

"俺家地方宽敞，住俺家。"

"谁也别争了，住我家！"江老爹一句话，大家都不吭声了。

不是因为江老爹是族长，也不是因为江老爹的儿子当兵去了，家里有地方。而是因为江老爹是个土先生，对跌打损伤有一套治疗的办法。

就这样，黄团长住在了江老爹家。说是住在江老爹家，其实乡亲们没少来看望他，今天李家送来一张油馍，明天张家拿来两个鸡蛋……江老爹也不劝阻大家，在他看来，这些都是应该的，怎么感谢都不为过。

江老爹隔三岔五地上山挖药材，回来炮制后，让黄团长内服或外敷。

在江老爹和乡亲们的精心照料下，不到二十天，黄团长就几乎能下地走了。他坚持要住进山洞里，江老爹也就没勉强他。在那个年月，住在村里确实危险。

有一天，村里响起了枪声。黄团长放心不下村里的百姓，就从洞里走了出来，想看个究竟，不想被一群土匪抓个正着。

土匪们盘问黄团长，黄团长答非所问，引起了他们的警觉，他们决定挖坑活埋黄团长。

江老爹和几个乡亲赶到的时候，黄团长已经被土埋到腰部了。见此情形，江老爹吓坏了，连忙点头作揖："他是良民，不是解放军。"

其中一个土匪认出了江老爹，因为他之前去过土匪窝，给土匪们治过病。

江老爹觉得有戏，忙说："他是我的外甥，来这里跟我学医。"

"腿怎么受伤了？"

"上山采药摔伤了。"

"真的是你外甥？"

"真的。真的。"

几个土匪交头接耳，似乎还在犹豫。

江老爹说："若我说的是瞎话，你们可以活埋我。"

就这样，土匪们把黄团长放了。

…………

过了好多年，黄师长离休了，当他第三次来到大别山时，得知了两个噩耗：江老爹的儿子在一次与日本军队的交战中，牺牲了；江老爹已经去世——在那个特殊的年代里，因为曾经给土匪治过病，江老爹受迫害致死。

让黄师长感到欣慰的是，没过多久，江老爹的儿子被授予了"革命烈士"称号，江老爹也得到了平反。

妙笔鉴赏

小小说《大别山》描写了两段军民互救的故事，很好地诠释了"军爱民、民拥军"的军民鱼水情。"军队打胜仗，人民是靠山。"人民群众是人民军队的力量之源。作品开头的风景描写特别精彩，营造了一派祥和宁静的氛围。突然，一声枪响，鬼子进村了，老百姓的噩梦开始了……小说讲究"张弛艺术"，这篇作品就很好地把握了小说慢速流动和快速流动的节奏，能给予读者强烈的阅读体验。

米脂婆姨做的布鞋

○ 谢志强

熬过了"三年困难时期"的头一年，一天下午六点，师部通知我连夜赶到阿克苏，农垦部王部长要了解我所在的新开垦的农场的情况。

场部两辆汽车都派出去了，只好临时叫来一台轮式拖拉机，我坐在拖斗里。

我们这个农场在绿洲的最前沿，等于抠了塔克拉玛干沙漠小小的一块边，当年就种了小麦、玉米。师里任命我当农场的政委。

从农场到阿克苏，还没有像样的路，能跑车的地方就是路。要过戈壁、穿沙漠、涉河流。车在路上颠，人在车上颠。过了托什干河，天就黑了，车子跳得我实在坐不住，就虚蹲在车斗里，双手死死地扳住车厢板。

戈壁还好说，拖斗只是起劲地颠簸，像是簸箕抖瘪谷子一样要把我抖出去，我的身体随着拖斗起起落落。不过，穿越一片沙漠就没那么容易了——拖拉机陷进沙窝，我和司机四处找来红柳、树枝，垫在车轮底下，折腾了一个多小时，后又遇上沙坡，车轮在原地空转，就是爬不上去。

赶到阿克苏的师部招待所时，已是后半夜，我抓紧时间睡了一个小时。多年来，我的身体里像安了一个闹钟，要睡就能睡，要醒就能醒。

我爬起来，洗了个头，开始准备汇报材料。我还没写完一张纸的内容，师里的杜政委就来了。这时，天蒙蒙亮了。

杜政委问："你写什么？"

我说："准备给王部长的汇报材料。"

杜政委又问："你的肚子饿不饿？"

我说："一提醒，它就饿醒了。"

杜政委说："先填饱肚子要紧。"

我看着满字的纸，说："汇报材料才刚开了个头。"

杜政委说："不是都现成装在你的脑子里吗？部长问啥，你就答啥，不就行了。"

估计杜政委先去王部长的房间打过招呼了，几乎同时，王部长也到了招待所的餐厅。

王部长笑着问："我们三五九旅南泥湾大生产的特等劳动英雄，没睡觉吧？"

我敬了个军礼，说："报告首长，路不好。"

王部长说："今后路会好的。"

杜政委说："通往沙漠的路已在勘测、规划中。"

我坐下来。桌上摆着麦面馍头、苞谷面窝头，还有苞谷面糊糊。

王部长问："农场职工都能吃饱了吗？"

我说："今年能吃饱了。"

他见我取了苞谷面窝头，问："你喜欢吃粗粮？"

我说:"都知道细粮好吃,可粗粮耐饿。"

接着,王部长自然而然地问起农场开垦播种的面积。

"面积三十万亩,实际播种面积十万亩。"我说。

"种植结构?产量?"

"玉米亩产五百斤,小麦亩产三百五十斤,还打算种水稻。"

这么一问一答,我放松了。我想,这算正式汇报的前奏。

王部长向我推荐麦面馒头,说:"亩产低了,头一年地生,土地也会欺负陌生人。"

我说:"种上一年,地就熟了,技术跟上,产量就能上去。"

他说:"这回我来不及去看了,我也身不由己,下一回,我要亲自上你那儿检查。"

我忘了吃了几个麦面馒头、苞谷面窝头,也忽视了它们的味道,不知不觉,肚子饱了。

我们站起来,早餐结束。我脑子里还在思考汇报的思路和内容。

王部长望着我的脚,突然问:"你穿的鞋子是老婆做的吧?"

我回答是。

他说:"就是要穿老婆做的鞋,又合脚又省钱,穿上它就不会忘记老婆。你有几个孩子?"

"五个。"

他连声说:"太多了,太多了。"

"农场的将来还要靠军垦第二代,人多热情高。"

他笑了,问:"你老婆是哪里人?"

"米脂。"

"米脂的婆姨好,英雄加美女,怪不得我看见你的鞋那么眼熟呢。米脂婆姨的手又巧又勤,其他地方做不出。下一次我到你家,让你老婆做'钱钱饭'吃。"

把黄豆泡软,捣成片片,像麻钱,就是陕北人的"钱钱饭"。

我说:"这是我们陕北的家常便饭,容易办到,随时欢迎首长来。"

王部长握了握我的手,说:"我得赶路了,往北方赶,赶到就要汇报。"

我还惦记着一件重要的事。我悄悄问杜政委:"我这不用汇报了?什么时候汇报?"

杜政委笑着反问:"刚才不是汇报过了吗?"

我问:"那算汇报?正式汇报?"

王部长反问:"还要怎么汇报?!"

我们一齐笑起来。

妙笔鉴赏

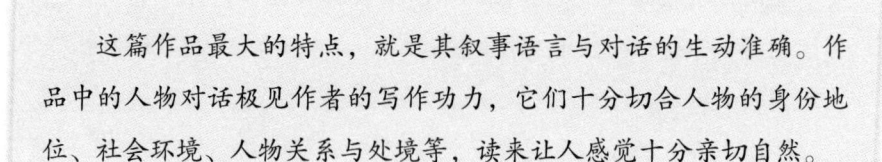

这篇作品最大的特点,就是其叙事语言与对话的生动准确。作品中的人物对话极见作者的写作功力,它们十分切合人物的身份地位、社会环境、人物关系与处境等,读来让人感觉十分亲切自然。

★ 远逝的雄鹰

耳 朵

○ 谢志强

　　1951年秋的一天，太阳像火球，高高地悬在头顶，老班长挥动着坎土曼平着一座沙丘。连队的通信员远远地喊，可一直没有改变老班长的动作。

　　通信员跑过来，凑近老班长喊："王司令员叫你去一趟。"

　　老班长中止了挥动坎土曼的动作，拍了拍黄军装，军装像燃烧一样，散发出沙尘。他望不见房子。

　　有房子的地方原先也是荒漠。他垦荒过的地方，已是一片绿。他的坎土曼总是一下一下地啃着沙漠、戈壁，啃过的地方仿佛消化了，生长出了片绿。身后的绿，是他的一个梦，流淌着汗水的梦。

　　老班长走进了绿色的梦。房子渐渐地冒出来，像从绿色里潜出。

　　警卫员拦住他，问："你找谁？"

　　老班长开口响亮："我找王大胡子！"

　　警卫员说："你不能这样叫我们司令员。"

　　老班长说："你这个小兵蛋子，我找的就是王大胡子。"

　　警卫员说："你不要喊得这么响，司令部办公要安静。"

　　老班长说："我喊响了吗？我嗓门本来就是这么大。"

王司令员出现了，问："是谁在外边吆喝呀？"

老班长说："你叫我来，还有警卫员挡着不让进。"

王司令员说："老班长，快请进来坐。"

老班长瞪了警卫员一眼，说："小兵蛋子。"

王司令员张开双臂搂住老班长，像在一场战斗中失散了又重逢，说："你带来了沙漠的气味。"

老班长说："没这沙漠的气味，哪有绿洲的气味！"

王司令员指指屋顶，说："你这嗓门，还是这么响。这间办公室也受不了啦！你看，土都被震落了。"

长征途中，一次突围，一颗炮弹在老班长不远处爆炸了，他整个人都被掀起来，然后埋进了泥土里。拱出来后，他只看见战友的动作，却听不见枪炮的声音，仿佛战斗的画面没有了音响——默片。从那以后，他总以为别人听不清他的话音，就拔高了嗓门，说话就像呼喊。

老班长习惯性地把耳朵侧向王司令员，一副费劲捕捉声音的姿态。他说："我在沙漠里喊，那沙漠把我的声音都吸走了。"

王司令员说："可能沙漠有意见了，几万年它都是那个状态，我们却让它绿了。老班长，接下来，你想忙啥？"

老班长的嗓音还是降不下来，说："我能忙啥？还当我的兵呗。"

王司令员说："有了绿洲，要巩固，我们打算建个养禽场，改善战士们的伙食。"

老班长说："整天跟沙漠打交道，肚子里缺的是油水，这几天做梦都梦见吃肉了。"

王司令员说："我看，你当养禽场的场长吧！"

老班长说:"我这个老班长,当来当去也只能当老班长,我这耳朵背,还没文化,一下子给我那么大的一顶官帽,还不压坏我呀?"

王司令员说:"就以你们现在这个连为基础,来个农牧结合。你想吃肉,我也想吃,要紧的是还得叫整个部队都能吃上肉。垦荒的体力消耗太大,没有肉补充营养咋行?"

老班长行了个军礼,说:"尽可能完成任务!"

王司令员说:"咋尽可能?"

老班长说:"保证完成任务!"

王司令员说:"这就对了。"

1953年,老班长这个养禽场的场长,耳朵已对声音有了感觉,他能听见鸡呀、鸭呀、羊呀的叫声了,像听进行曲一样。不过,他开始尽量压低嗓门,不想惊吓它们。可是,他会忍不住放开嗓门,看见羊一愣,过去抚一抚羊,说:"你别把我的嗓门当一回事儿,安心吃你的草吧!"

一天,老班长(场里的战士都叫顺口了)听说王司令员要来看他,激动地在养禽场里走来走去。最初他也没做这么大的梦,没料到,现在的规模已超过了他的梦。

一直到傍晚,王司令员的吉普车都没有来。他的心像空旷的路一样。他焦急起来。你不来,我去。他一口气跑到师部招待所。

所长说:"老班长呀,王司令员离开好久了。"

老班长自言自语:"王大胡子,你现在上北京做大官了,眼里放不进我这个兵了。"

1954年春,事先没打招呼,王司令员突然出现。老班长围着个围裙，蹲在羊圈里伺候母羊生产——一只母羊刚刚产出羊羔。

王司令员说："当接生婆了呀！"

老班长抱着羊羔，故意不理睬。

王司令员笑了，说："你什么时候开始记仇了？老班长，上次我失约了，临时有急事走了。当时，你还骂了我，是吧？"

老班长放下羊羔，说："我自己对自己说话，声音那么小，你在北京咋听到了？你的耳朵好长呢！"

王司令员笑了，说："我这耳朵有选择，难听的话我也能装进去。"

两人拥抱，哈哈大笑。

老班长抱起羊羔，说："你也抱抱。"

王司令员接过羊羔。羊羔舔他的手，他说："这羊羔认识我。"

老班长说："熟悉我的羊羔，咋能不熟悉你！"

王司令员说："这一回，我发现了一个新变化。"

老班长乐了。他想陪王司令员参观，问："啥变化？"

王司令员说："过去你一开口像吹冲锋号，现在声音降下来了，是和平的声音。"

老班长说："羊羔一出生，小鸡一出壳，碰到我原来的大嗓门，还不受惊了呀？你叫我当这个场长，我确实有了变化，就是自觉地把嗓门压低了。"

王司令员说："你耳朵也灵了嘛。"

老班长说："每一天都能听见新的生命诞生，那么好听的声音……我的耳朵装的都是好听的声音，养也把它养好了。"

妙笔鉴赏

　　一位功勋卓著的大司令，一位"没有文化"的老班长，他们在长期的戎马生涯中结下的战友情谊，让读者倍感亲切与温暖。作者对人物语言的把控，可谓十分准确到位，加上他对这支部队的光辉历史有过深入的研究，因此随着阅读的不断深入，不知不觉间，作品就把读者带入了那个特定的历史环境与氛围中。

摘 星

○ 刘国芳

一天晚上，孩子在门口把头仰着，数天上的星星。孩子起先还一颗一颗地数着，但满天的星星，孩子根本数不过来。后来，孩子把母亲喊了出来，问："天上有多少星星呀？"

孩子的母亲也不知道天上有多少星星，但母亲回答了孩子。她说："地上有多少人，天上就有多少星星。"

孩子记住了母亲的话。后来，孩子总在门口站着，看天上的星星，孩子不再一颗一颗地数着星星了，而是一颗一颗地辨认，看哪一颗星星是自己，哪一颗星星是妈妈，哪一颗星星是爸爸。孩子当然辨别不出来。一天，孩子又把妈妈喊出来，指着天上的星星问："哪颗星星是我呀？"

母亲摇了摇头，说："天上的星星太多了，我认不出来。"

孩子问："哪颗星星是妈妈呀？"

母亲还是摇头，说："我也认不出来。"

孩子再问："那么，哪颗星星是爸爸呢？"

这时，飞机的轰鸣声在天上响起，母亲睁大了眼睛，随后，母亲看见飞机一闪一闪，像星星一样亮着。当飞机飞到他们门口一棵光秃秃的大树的枝丫间时，母亲指着枝丫间的星星说："那颗星星就是你的爸爸。你看，在那棵最高的枝丫间。"

孩子的爸爸的确是一颗星，他是飞行员，总在天上飞着。一天，孩子的爸爸回家探亲，孩子见了爸爸，开口就说："爸爸，我看见你了。"

爸爸问："你在哪儿看见我了？"

孩子说："你是一颗星，我在天上看见你了。"

孩子的爸爸笑了，说："乖，我儿子真乖。"

孩子的爸爸来了，又走了，孩子又看不见爸爸了，但孩子会站在门口，仰头看星星。当飞机的轰鸣声响起时，孩子会睁大眼睛往天上看。

一个云重雾大的晚上，孩子又站在门口看星星，但孩子看不到星星。让孩子和他母亲没想到的是，这天孩子的爸爸因执行紧急飞行任务，牺牲了。第二天，孩子的母亲被接走了，她没有把孩子带去，只把孩子托放在亲戚家。几天后，孩子的母亲来接孩子时，孩子发现母亲瘦了许多。于是，孩子问母亲："妈妈，你去哪里了呀？"

母亲不敢回答孩子。

孩子还是天天在门口看星星，看见会走的星星，孩子就说看见爸爸了。孩子一次一次在天上看见了爸爸，可爸爸一次也没有再回来看他。孩子很想爸爸。有一天，孩子问母亲："爸爸好久好久没回来了。他什么时候回来呀？"

母亲只好骗孩子："快回来了。"

然而，孩子等了一天又一天，总也不见爸爸回来。孩子没看见爸爸，仍站在门口看星星。看见很亮的、会走的星星时，孩子仍说："爸爸，我又看见你了，可你怎么不回来看我呢？"

孩子的母亲听了，"唰唰"地流泪。

后来，孩子一天到晚缠着母亲，总问："爸爸为什么不来看我呀？"母亲总不作声。有一天，母亲说："你爸爸其实天天都在看着你。"

孩子问："爸爸在哪儿看着我？"

母亲把手往天上指了指，说："他天天在天上看着你。"

孩子问："他为什么不回来？"

母亲说："他真的变成天上的一颗星星了。他回不来了。"

孩子叫起来。孩子说："妈妈，你让爸爸回来。"

回答孩子的，是母亲一脸的泪水。

一天，孩子又在门口的枝丫间看见一颗很亮的、会走的星星。孩子还记得妈妈说过，这颗星就是爸爸。孩子很想爸爸，希望他回来。现在，星星就在树上，孩子觉得自己应该把这颗星星摘下来。

孩子真的爬上树去了。

在孩子爬树时，孩子的母亲看见了。孩子的母亲吓坏了，让孩子下来，还问："你爬树做什么呀？"

孩子说："我把树上的那颗星星摘下来，爸爸就回来了。"

孩子的母亲眨一眨眼，眼里，泪盈盈了。

借着屋里的灯光，孩子忽然发现母亲的眼里也有亮晶晶的星星。

★ 远逝的雄鹰

妙笔鉴赏

　　《摘星》一文中，母亲对孩子说："地上有多少人，天上就有多少星星。"孩子的父亲是一位空军飞行员，在一次执行紧急飞行任务时英勇牺牲了，成了天空中一颗永恒的星星。孩子多次询问爸爸为什么不回家，母亲强忍悲伤，她的回答不能让孩子满意。于是，"孩子很想爸爸，希望他回来。现在，星星就在树上，孩子觉得自己应该把这颗星星摘下来。"这是一篇略带忧伤的小小说，亲情、奉献、牺牲、崇高、希望，都是它的主题词。

芦苇花

○ 刘国芳

陆军在部队里不是陆军,他是潜水兵。退伍后,他做了警察。

陆军做了警察后,认识了小慧。

小慧是歌舞团的演员。一天,陆军从歌舞团旁边的堤上走过,看见小慧在排练。在小提琴协奏曲《梁祝》的旋律里,白衣白裙的小慧翩翩起舞。这时陆军还不知道这翩翩起舞的女孩叫小慧,但陆军很快就知道了。陆军听到边上有人喊:"小慧,旋快点;小慧,腿抬高点。"于是,陆军记住了这个名字。

这天上午,陆军忘记了自己要去做什么。小慧非常美丽,她的舞姿也美,陆军流连忘返了。

过了很久,陆军才想起自己有事要办。陆军恋恋不舍地走开了,一步三回头。

歌舞团就在抚河边上,河边到处都是芦苇。"八月芦花白",正是八月,歌舞团周围白茫茫一片,有蝴蝶在芦苇花里翩跹。陆军渐渐远去,看不见蝴蝶了,但远远看去,小慧就像一只翩跹在芦苇花里的蝴蝶。

陆军以前也经常看见芦苇花,只是一直没什么反应,但那天他把小慧和芦苇花联系起来后，芦苇花在他眼里就变得生机勃勃了。后来，陆军又去了那堤上，他还想在一片芦苇花间看见小慧翩翩起舞。陆军失望了，他再也没看见过小慧排练，但陆军还是喜欢在堤上待一会儿。堤的一边是歌舞团，它在一片芦苇花的包围中，另一边是宽宽的抚河，陆军喜欢上了这个地方。

一天，陆军又走上堤。这回，他居然看见了小慧，小慧手里拿着一本书，边走边念。陆军听了一会儿，听出了眉目。陆军问："Are you studying English？"（你在学英语？）

小慧问："Do you know me？"（你认识我？）

陆军说："我看过你排练。"

陆军又说："我还知道你叫小慧。"

后来，陆军经常走上堤，但陆军很少碰到小慧，有时便在堤上站一会儿，然后离开。堤上有些孩子，折一些芦苇当竹马，还在堤上跑来跑去。陆军见了，便说小孩子不要在河边玩。有一次他看见小慧了，小慧也这样说。小慧说完，看见了陆军。小慧问："你很喜欢到这里来吗？"

陆军说："是呀，到这里来看你排练。"

小慧说："可惜你现在看不到了，我们的排练厅修好了，我们再也不用在外面排练了。"

陆军说："难怪总见不到你。"

陆军这时候和小慧有些熟了，两人会在堤上一起走着。有蝴蝶在芦苇花里飞来飞去，小慧见了，轻盈地跑动起来，去捉蝴蝶，还问："你知道我那天排的是什么舞蹈吗？"

陆军反问："我怎么知道？"

小慧问:"这飞来飞去的是什么?"

陆军说:"蝴蝶。"

小慧说:"我排的节目就叫《化蝶》。"

陆军说:"你很像,我当时就有这感觉,觉得你像一只蝴蝶。"

小慧说:"你真会说话。"

那个秋天,陆军对那条开满芦苇花的堤情有独钟,有空就去,就站在堤上那一片白白的芦苇花里。歌舞团里,一个看门的老人也喜欢到堤上去。后来,老人注意到了陆军。一天,老人和颜悦色地走近陆军。老人说:"我好像经常看见你到这里来。"

陆军点点头。

老人又问:"你为什么总到这里来呢?"

陆军说:"这里很美。"

老人反问:"这里很美?"

陆军说:"你不觉得吗?河边一片白白的芦苇花,蝴蝶在花里飞来飞去,还有歌舞团里走出来的人,也美。"

轮到老人点点头了。

深秋的一天,陆军又到了堤上。其时,一个在河边玩的孩子落水了,小慧也在堤上。看见孩子落水,小慧跳下水去,但小慧明显不会游泳。这时,恰好陆军到了。陆军说:"你莫慌神,我来救你们。"说着,陆军扑下水去。陆军是潜水兵,他当然很会游泳。小慧离陆军很近,陆军先救起了小慧,然后又跳进水里,去救孩子。

陆军救起孩子时,小慧已不在了,岸上的人拉着小慧换衣服去了。

陆军没见着小慧。

这天下午，小慧找到了陆军，小慧边上还站着一个高高大大的军人。小慧见了陆军，一脸敬意。小慧说："要不是你，我真的化蝶了。"

陆军说："我很感动，你不会游泳，还下水救人，以后要请人帮忙。"

小慧说："明白了。不过该感动的应该是我。"

随后，小慧介绍了身边那位高高大大的军人。小慧说："这是我的丈夫，他跟我来向你表达谢意。"

陆军很意外，他没想到年纪轻轻的小慧已有丈夫。陆军看看小慧，又看看她丈夫，不知道说什么好。憋了一会儿，陆军忽然说道："我也当过兵。"

后来，陆军再也没有去过堤上，但河边的芦苇花，一刻也没在陆军的心里消失过。

妙笔鉴赏

读《芦苇花》时，心中总会涌起诗情画意。优美的舞蹈、翩翩的蝴蝶、风景如画的河堤、飘飞的芦苇花……和平生活中，一切都是那么美好。转业军人陆军曾是"最可爱的人"，在他身上，我们看到了"勇敢担当"与"柔情似水"，也想到了"发乎情，止于礼"。在"威武之师、正义之师、文明之师"中成长的陆军，自然是文质彬彬的。

最长的线

○ 司玉笙

"都别喝了，咱们说说话好不？"

"好啊！你先讲一段呗。"

"咱们都是当过兵的人，就讲一个老军属的故事吧！我老家前街上有一位老太太，猜猜她今年多大了？错。也不对。过了年，她就九十六啦！别龇牙咧嘴的，正经点！我第一次见到她是在去年的中秋节。当时，她坐在一个农家院门口的一把老木椅子上缝补衣物，头戴一顶红色的老年帽，白发齐刷刷地亮在帽檐下，像蚕丝。我心想，这么大年纪了，还不丢针线活，少见，便上前与她拉呱。交谈中，我发现她眼睛还好使，就是有点耳背。再看看，她穿的衣裤都是新的，就是膝盖处和胳膊肘处打了补丁。我问：'几个孩子？'她说：'仨，俩闺女、一个儿。''能瞅见针眼不？''能，就是费劲儿。'她一说话就笑，满脸皱纹似细波荡漾。'你是谁家的孩儿？''后街老司家。''好，好，过节了回来看看爹娘？''是的，是的。'回到家后，一问我母亲，母亲说：'那可是个有福的老人，丈夫是外省的，解放前是地下区委书记，受了伤就在她家养伤。一来二去的，他俩就好上了。解放后，上边来人找到了他，说是已经在城里给他们安排好了工作,两口子硬是不去,说当个农民也挺好。看她年纪大了,前年大闺女好说歹劝,才把她老人家接到自家住。老人家还是那脾性,见谁就问:'有要缝补的衣裳没?''他儿子呢?''在她跟前可别提她儿子。''咋啦?''她儿子几十年前在边境打仗时牺牲了,听说还是个营长。接到信儿,他老爹不吃不喝,过了个把月也走了……''哦,我记住了。'我再次见到老人家时,她身边多了几个大龄妇女。她们在太阳底下陪着老人家说说笑笑的,手中针线飞舞,还有打毛衣啥的。我忍不住掏出手机抓拍了几张。一看我拍照,她身边的人慌忙起身,好让出镜头给老人家。老人家四下望望,疑惑地问:'恁跑个啥哩?准不是搞啥的来了?'这一问,众人哈哈大笑起来。笑谈中,我得知她大女儿、二女儿也在场。大女儿说:'俺娘好逗笑话,加上有些耳聋,经常打岔。有一次,她看到一个俊妮儿穿着牛仔裤,烂边露膝的,就对人家说,闺女,你这裤子你娘也不给补补就出来了,忒不遮体了。那妮儿回道,要的就是这效果。娘说,啥小裹大裹的,再小再大也得护严实了……过来,俺给你补补!那妮儿一听,说她回家就换,再也不穿啦!一溜儿小跑离开了。'接着,大家打开了话匣子,其中就有人提到了那场有名的战役。1949年初,那场战役在苏豫皖接壤处的陈官庄落幕。当时地方上动员支前,她让身有残疾的丈夫照看家,自己随队到了一个战场救护所,主要是帮助医护人员清洗绷带和打扫卫生。那个冬天,雪大天寒,洗洗涮涮的,她的手指头都冻烂了。看见伤病员的衣裤破了,她必定一针一线地缝补好。线不够用了,就拆自己被褥上的……"

"往下讲,往下讲!"

"可怪,老人家其他的听不清,一说到救护所,她就突然插言道:'不管穿啥色的军装,到了这个地方都是咱中国爹娘的孩子。后来他们很多人都随大军南下了。俺记得可清了,有一个外地口音的小伙子,临走时跪下给俺说了几句话,说的啥俺也听不大懂,就一句听懂了,他说大姐,我身上有你的线……'"

"往下讲,讲呀!"

"这老人家唯一的儿子长大后也被送往部队。她说,生就男儿身,铁杵磨成针。说着说着,她二女儿发话了,说多年前她和大姐陪母亲去了几千里之外的那个边境烈士陵园,在弟弟的墓碑前,老人家打开了一个包袱,里面都是弟弟小时候穿过的旧衣,洗得干干净净的,上面是补丁摞补丁,针脚密实。老人家哭喊着,只说了一句:'儿呀,娘看你来了……'"

"给,擦擦眼……"

"这一次回老家,我看到老人家身旁多了一个精致的木盒子,里面都是一坨一轱辘的线,啥颜色都有。我问咋这么多,老人家侧脸笑笑,举起一只手扩住左耳问:'你说啥?'我提高了声音,又重复了一遍。她抿抿嘴说:'这会儿的线比以前的劲道。'旁边有人说:'老太太的孙子也在部队,是个中校军医,参加过驰援武汉抗击新冠疫情的战役,每年都不忘给老人家寄回轴线……'说话间,我注意到老人家的十根指头关节都已变形,像是秀竹的硬节,其中一根还缠着胶布……衣摆上有一根钢针,穿的竟然是一根白发!兴许她是误将白发当银线了。盯着那钢针、那白发,我不由得跪下,紧紧地抓起了老人家那双硬朗的手……"

此刻,无人再吭声了,好像都在静听那针线飞动的韵律。

静默良久,一个声音说:"那可是世上最长的线!"

另一个声音说:"咱们明天去看看老人家吧!"

"我开车,都别忘了带上一轴线!"

"说定了。明早八点,老地方集合!"

妙笔鉴赏

  作品讲述的是一位农村"老寿星"的故事。从这个故事里,读者可以感受到蕴藏在广大人民群众当中的信仰的力量。文中,作者巧妙地将中国传统女红作为主线,用"最长的线"连接昨天、今天与明天,意蕴丰厚,内涵深刻。"老寿星"勤俭善良、坚韧豁达、诙谐幽默,是中国母亲群像的代表,犹如广袤大地,承载万物。作品借鉴了"口述史"的叙述手法,一问一答,娓娓道来,使人物形象真实、生动、可亲、可敬。

指头上的旋律

○ 司玉笙

那根食指颤了颤，便竖了起来。这是右手仅剩的一根。

"爸，你又想什么啦？"

戴着氧气面罩的老人瞄了瞄陪护的女儿，依旧挺着那根指头。

"医生，您看看我爸这是怎么啦？"

值班医生来到病床前，仔细地瞧了瞧，然后一手握着那根手指轻掖进被窝里。刚遮严了，手指又拱出。如此几次，医生无奈地对陪护者笑了笑，说："老人家的手指头可真硬！"

女儿说："我爸今天也不知怎么啦，老是突出那根指头，平常不这样啊！"

"问问阿姨……你妈妈呢？"

"我妈回家了，说是去拿我爸喜欢的东西。哦，回来了。"

刚进屋的阿姨怀里抱着一个纸箱，笑着说："朝鲜雪地里的那场战役下来，你爸右手四根手指都被冻坏了，就剩这一根了。"

"怪不得我经常见我爸那一根手指往前指，又像抠机枪似的勾动，一见人就收起来。今天咋这么怪啊？"

"你爸从来不让人说他在战场上立功的事儿。你爸说过，他那根手指头是因为不停地搂火才得以保住的……眼看军旗被炸弹震歪了,他上去扶正,结果几根手指被炮弹皮啃得露出了白茬。他还说,别看他的右手只剩一根指头了,要是再上战场,还能戳得鬼子满身窟窿!"

"我爸这一辈子就忘不了上战场……"

"老了,在家就爱听军歌老歌,一遍又一遍,比吃饭、睡觉当紧。"

阿姨从纸箱里托出一个老式收录机,拿出耳塞给老人家戴上。一拨弄,老人家的眼睛便炯炯闪亮,双唇微动。

"阿姨,让我们也听听!"

"这不影响人家?"

"不,好歌能去病……"

医生拔出耳塞插头,激越的军歌声顿时灌满了整个房间。隔壁也有人跟唱起来,声音渐高。

歌声中,那根指头一耸一耸地合着旋律,打着拍子。

妙笔鉴赏

　　一根顽强不屈的指头,一段壮怀激烈的历史,一颗永远不变的保家卫国的初心,这就是"指头上的旋律"。致敬,志愿军老兵!致敬,老英雄!

一座山，两个兵

○ 陈永林

一座山，驻守着两个兵，老兵和新兵。

他们守一个山洞。山洞里面有啥，他们不知道。有扇厚实的铁门，被一把大锁锁上了。

日子过得很清闲，却很无聊。

今天是昨天的复制，明天是今天的翻版。每天的生活都一样，没故事。

老兵的日子有点色彩。

按照规定，老兵每个星期可以下次山，去镇上把一个星期的柴米油盐买回来，并去连部取报纸、信件。

老兵总在新兵羡慕的目光中下山，又在新兵企盼的目光中上山。

新兵的目光把老兵送得很远很远，直至消失；迎老兵的目光却很近很近，与老兵面对面，还盯住不放。

这回老兵下山，给新兵带回一束鲜花。

老兵说："这鲜花是个卖花的姑娘送的。她听说你守山很孤独，就非要我带束鲜花给你。"

新兵灰暗的眼里有了光,笑容也如鲜花般灿烂,捧鲜花的手竟抖了起来。

新兵把鲜花插在瓶里,望着鲜花出神。后来,鲜花枯萎了,新兵舍不得扔掉。

一个星期后,老兵又下山了,上山时又带回一束鲜花。

"这个星期咋过得这么快?"新兵捧着鲜花问老兵。

老兵笑着望新兵。

老兵说:"那姑娘想见你。我说这里是禁区,任何人不得上山。那姑娘要我下回带你一起下山,我说你不能下山,要守山。她问我什么时候能见到你,我说待我退伍后,你成了老兵,她就可以见到你。"

新兵有了企盼,盼日子快快地过,自己成了老兵,就可以下山见那姑娘了。

有一回,老兵上山没带鲜花。

新兵好失望,问:"她这回咋不送花给我?"

老兵说:"这回我没见到她。"

"是不是病了?"新兵一脸焦虑。

"可能是家里有点事。"

那个星期,新兵度日如年,饭吃在嘴里一点儿味也没有,嘴里木然地咀嚼着。晚上,新兵翻来覆去睡不着。

老兵便提前下山了。新兵捧着鲜花,问:"她上个星期咋没卖花?"

"双抢耽搁了。"

新兵舒了口气,脸上的焦虑也消失了。

好几回，新兵问老兵："那姑娘长得怎么样？"

"长得像花一样美。"

"到底有多美？"

"你自个儿想吧！"

新兵的眼前就浮现出她的模样：一条粗黑的辫子长过腰际，眉毛弯弯的如柳叶，眼睛水汪汪的如盛有泉水，嘴唇如樱桃般小巧红润，身材杨柳一样婀娜多姿……这不是中学时自己偷偷喜欢的一位女同学吗？新兵的脸烫了。

新兵又重新勾画她的模样。

新兵有了企盼，日子过得很快。老兵退伍了，新兵成了老兵，又来了个新兵。

下山的前一天晚上，老兵的床板"咯吱咯吱"响了半夜。

来到镇上，老兵四处找那卖花的姑娘。

他找了个遍，却没有找到。只有个男人在卖花。老兵问那卖花的男人："这里有个卖花的姑娘吗？"

"姑娘？没有。这镇上只有我一个人卖花。"

老兵怔立在那儿。老兵上山时，在男人那儿买了一束鲜花。

老兵对新兵说："这鲜花是个卖花的姑娘送给你的……"

★ 远逝的雄鹰

妙笔鉴赏

　　一座山，山上有一个山洞，这里驻守着两个兵，老兵和新兵。日子过得很清闲，却很寂寞。老兵每个星期都要下次山，去镇上把柴米油盐买回来，并去连部取报纸、信件。一次，老兵带回了一束鲜花，说是一位美丽的姑娘送给新兵的。新兵心中充满了美好的期盼。新兵成为老兵后，他也下山了，这才发现镇上卖花的只有一个男人。老兵上山时，也买了一束鲜花送给新兵："这鲜花是个卖花姑娘送给你的……"故事唯美，复沓回环的巧妙运用，突出强化了作品的艺术效果。

过 河

○高 军

　　昨天的一场秋雨,让气温骤然下降很多。徐司令员和随从人员匆匆往汶河岸边走着,准备过河回隋家店去。

　　刚刚打退日军对根据地的扫荡,国民党反共高潮又来了,于学忠部和沈鸿烈部态度不一。作为八路军第一纵队司令员,徐司令员到上冶和于学忠见面沟通,进一步疏通关系,并就下一步的协作达成更多一致。

　　深秋的冷风吹到脸上麻沙沙的,但徐司令心中还是很高兴。来沂蒙山区几个月了,工作比较顺利,他在马上不自觉地开口唱道:"真金子不打不成货,那钢刀虽快也要磨……"

　　一个随行的战士快嘴问道:"司令员,你唱的是什么歌啊?"

　　徐司令员回答:"老家山西梆子的唱词,我一直很喜欢这两句,就是唱不好……"

　　说话间,他们已来到汶河岸边,只见河水清澈透亮,水底的细沙和鹅卵石能在水纹波动中看得很清楚,尤其是各种颜色的小石块散乱地排列在水下,显出一种朦胧缥缈之美。

　　三个女青年站在河边,正叽叽喳喳说着什么,看到徐司令员他们来到后，就停了下来。她们的穿着打扮有沂蒙山区当地女性的特点，但神情中又透出一种知识女性的气质。看了几眼后，她们中有一个惊奇地喊了声："哦，徐司令员啊！"

"你们是干什么的？"徐司令员的警卫员问。

其中那个认识徐司令的回答道："俺们都是岸堤干校的学员，回家了一趟，正要赶回学校去呢。俺听过徐司令员讲课，就认得他了。"

一听她们是在岸堤办学的山东抗日军政干部学校的学生，徐司令员跳下马来："怎么样？学习紧张吗？有没有什么困难？"交谈几句后，他感到有些奇怪，"你们怎么停在这里？为什么不赶紧回校呢？"

三个女学员安静下来，交换了一下眼神，先是其中两个的脸一下子红起来，随后另一个也红着脸说："水太凉了，愁着怎么过河呢！"

"咻——"几个战士一听，都轻声笑起来，"真是婆婆妈妈的，简单着呢，脱掉鞋子、卷起裤脚、赤脚下去，过啊！"说着，他们做着样子，进入了水中。

尽管已经深秋，但河水还是不浅，一下子就没到了几个战士的大腿处。尽管他们嘴硬，还是都打了一个寒战。

徐司令员一直没有说话，看着这三个女青年羞涩尴尬的样子，他似乎一下子明白了什么。他把自己的马牵过去，把缰绳递到那个说水凉的女学员手中，和蔼地说道："骑上我的马过去吧！"

三个女青年赶紧摆手："不不不……"

一个女青年嘟囔了一声："就她俩啊，俺不用……"

徐司令员心中更明白了，就假装严肃起来："干校的学习是很重要的，你们的时间是很宝贵的，早回去多学点本领才能把日本侵略者赶出中国去。你们怎么能在这里磨磨蹭蹭？我命令你们，赶紧上马过河！"

"可是，可是……"三个女青年还是有些不知所措。

一个警卫员也说道："司令员，咱们离开也好几天了，应该快点回去……"

徐司令员更加严肃起来："执行命令，由你牵马，负责送她们过河！"

随后，他把眼光转向不远处的艾山上。这座山虽说不高，但有这么一个传说：当年泰山老母想找个有一百座山头的地方常住下来，在艾山顶上数来数去，一共只有九十九座山，最后只好去了泰山。原来，她把自己身下的这座山忘了算上。想到这个刚听来不久的故事，徐司令员忍不住笑了："真有意思。"

在其中两个女青年骑马过河的时候，另一个女青年准备脱掉鞋子涉水了。徐司令员心中有些欣慰和赞许，但他还是赶紧用手一指，严肃地制止道："你这个小同志啊，怎么搞的哟！难道想搞特殊？"

这个显得大胆一些的姑娘一下子愣住了："我，我，真的不需要……"

"不需要赶紧回学校？不需要抓紧学好本领上前线？"徐司令员神色严肃，指着已经回到这边的马对她说，"抓紧时间过河，然后我也好赶紧过呢。"

在这个女青年骑上马到了河中央的时候，徐司令员已经赤足下水了。当她下马转过身时，徐司令员已经过了大半了。三个女青年看着徐司令员蹚水过河的身影，眼圈都有些红了。

在河边临分手的时候，这个大胆活泼的女青年从身上的背包里掏出一个用艾山上的荆条编成的、很精致的笔筒："徐司令员，我们想把这个笔筒送给您……"

徐司令员摇摇头："你们更需要啊！赶紧回学校吧，我们也得走了！"说罢，转身上了马。

路上，那个牵马过河的警卫员怎么也想不明白："徐司令员，这几个女的……水也不深，我就不明白……"

徐司令员笑笑："不明白就不明白，一个男同志对女同志的事儿少打听！"

秋风飒飒，树上有些黄叶向下飘落着，他们一行快速向前走去。

妙笔鉴赏

本文通过八路军徐司令员为三个女学生"让马过河"的故事，生动真实地刻画了一位和蔼可亲、爱民如子的八路军首长的光辉形象。作品中的人物对话、动作等，都十分贴近人物身份与环境，读来让人深感身临其境。

茶油薯包子

○ 练建安

大年初五。一大早,我和族弟该回福州了。

县城东区,阳光明媚。

族弟启动了小车,我坐在副驾驶位上,伸手窗外,和亲朋依依惜别。

"阿建,阿建……你等等,等等……"

哦,堂姑!在她的小儿子拥军的搀扶下,她拄着拐杖,提着一个沉甸甸的红塑料袋。

我急忙跳下车,迎上前去。

"姑,您……"

"给,茶油炸的薯包子。"

"姑,您这么客气。"

"不是给你的,给我阿爸。"

"您阿爸?"

"我阿爸。拥军,条子给他。"

拥军憨厚一笑,摸出一张纸条,递交给我。

纸条上写着:"福州第一干休所王钢。"

另有一串数字,是电话号码。

"姑,您在福州还有个阿爸呀?"

"姑不说瞎话。"

拥军说,他也是前几天才知道的。山茶油好找,大薯就难了,他还是到乡下朋友家找来的,做种的。

"表哥,您多费心了。"

我将塑料袋郑重地放在后备厢里,一再表态保证完成任务。

驱车出发,渐行渐远。从后视镜里,我看到堂姑依旧站在原地,好像还在擦拭眼泪。

这一天,是返城高峰。高速公路上,时常见到小汽车排起长龙。

族弟说:"你姑是个怪人,过去呀,村里人去县城,她总不爱搭理人家。"

我说:"那些年,村里人进城,爱找熟人。姑是一个普通职工,哪有那么多闲工夫?"我是农村娃,进城读书,堂姑就很照顾我。

"哦。"族弟适时地转移了话题,不再谈论此事。

回到福州,已是夕阳西下,我和族弟分手。

干休所在工业路,好找。没有费多大的周折,我就来到了王老的身边。

干休所小花园内,霞光映照。

王老身穿65式老旧绿军装,半躺在轮椅上,头发花白,耷拉着。一位中年护工,静静地站立一旁。

"王老,王老,有人来看您啦!"

王老动了一下。

"王老,有人来看您啦!"

151

"呵，呵。"

"有人来看您啦！"

"哪里……来的？"

"武平。"

"武平？"

"武平！"

"呵，呵，好，好啊！"

我靠近，弯腰，恭恭敬敬地呈上"礼物"。

"我的堂姑，练招娣，您的女儿，是她送给您的。"

王老双眼发亮："你说……什么？招娣？"

"招娣，练招娣。"

王老扭动腰身，护工上前扶着。他坐了起来，双手按在油腻腻的红塑料袋上，嗅嗅，放下，又拿起，嗅嗅，鼻翼翕动，脸上露出无比幸福、无比欣慰的笑容，喃喃自语："谢谢！谢谢！"

回家后，我和妻子说起了这件事。妻子是本地人，家乡的人情世故多半由她打理。听完，她笑了，说："你真是个书呆子。"

中华人民共和国成立初期，闽西土匪猖獗。为巩固人民政权，省里派出老百姓称为"大军"的英雄部队进驻各县剿匪，其中二五九团进驻武平。当地县志记载："境内土匪被彻底肃清，共歼灭土匪3143人。"

负责武南片剿匪的"大军"营长就是王老，王钢。在一次追歼土匪的战斗中，他救下了一个五岁的放牛女娃。山窝里枪声四起，小女孩吓得钻入茅草丛哇哇大哭。战斗结束后，王营长抱起了小女孩。他们都觉得特别投缘，特别亲。就这样，堂姑练招娣成了王营长的干女儿。

老人们说，那些日子里，人们常常看到王营长牵着干女儿的小手，走在老城的旧街上，一人一张小板凳，一人一个现炸的茶油薯包子，边吃边笑。

部队归建。此后，王营长和我堂姑家还有联系。后来，堂姑上学了，招工，嫁入县城。王营长也成了王团长。堂姑生了儿子。王团长在千里之外捎来一套小军装。堂姑的回礼，就是茶油薯包子。

村里有条溪流，山洪暴发时，木桥板常被冲走。生产大队就想建一座水泥桥。村里人请堂姑给在省里当大官的阿爸写信，请求拨款支持。

王团长回信说，他只是人民军队中的普通一兵，无能为力，建议找当地政府解决这一问题。为表示支持，王团长随信捐赠了一百元人民币。村里人很失望，说招娣没用，进了城，忘了本。

堂姑觉得抬不起头来，和她的福州阿爸渐渐地疏远了。

堂姑属鼠，今年七十二岁。她的福州阿爸是将近一百岁的老人了。那香喷喷的茶油薯包子，他还能吃上几回呢？

妙笔鉴赏

作品以年轻一代的眼光，观察"堂姑"以及"堂姑干爹"的故事，热情地歌颂了人间真情，歌颂了老革命战士廉洁奉公的高贵品质。当然，作品也感叹了时移世易、社会变迁。小小的篇幅，跨越半个多世纪的风云。文章如同一滴水，同样可以折射出太阳的光辉。

一件棉大衣

○ 练建安

7月23日。上午,我到七里滩做客。

七里滩在千里汀江中游,往昔船帆云集、人货辐辏。此时的七里滩,江水清浅,田野里稻穗金黄。摩托车沿平坦的乡村水泥路风驰电掣,很快就到了大围屋。

我要找的,是大学同学邱文超。文超早等在门外了。门墙边,有张精致的藤椅,上面端坐着一位孤零零的龙钟老人,他正眯眼晒太阳。他的穿戴有点奇特,老旧军装,崭新的"红色旅游"红军帽。文超说:"伯公太,快回家食昼啦!"老人含糊应声,哈喇子滴流下来。

大半天后,我们出门,老人还坐在原地,嘟嘟囔囔,浑浊的目光朝向近处,那儿的竹篙上晾晒着一件灰黑色破旧棉大衣。文超笑问:"吃饭了吗?"老人不应。

我搭载文超回县城。途中,我们在山腰的凉亭歇息。

文超说:"伯公太的嘟囔,说来好笑,反反复复就三个字——棉大衣。"

"又不是天贶节,晒什么棉大衣呀?对了,他是谁呀?"

"讲出名字来,你可要站稳啦。"

"说吧,别卖关子。"

"邱禄贵。"

"老革命邱禄贵?"

"正是!"

邱禄贵是闽西的传奇人物,世代务农,十五岁参加红军,古田会议那会儿,他是门岗卫兵。参加了五次反"围剿"战斗,长征期间是首长的马夫,要不是被敌机炸弹炸伤了脑袋,说不定也能成为一名将军。

革命胜利了,邱老主动要求回到家乡,组织上为照顾他的病残身体,任命他为粮管所主任。他一干就是二十多年,兢兢业业,直到离休。

邱老的传说可多啦!

离休后,邱老回到农村老家。百岁老红军,逢年过节的,地方领导都会来慰问慰问,电视上不时有他的身影。老旧军装和红军帽,是邱老的标志。

"嘟囔棉大衣,是什么意思?"

文超苦笑:"我也说不清楚。长征时,我们村出去了四十多人,就邱老一个回来了。村里还有一个排长,叫钟石生,飞夺泸定桥的。脑袋炸伤后,邱老昏死过去,是钟石生把他背下来的,三天三夜才赶上大部队。傅医生救活了他。傅医生说,小邱你命大,多亏了小石头啊。"

当年,八路军一一五师独立团驻守晋察冀军区第一分区。考虑到邱禄贵多次负伤,特别是头部曾受重伤,老团长杨司令员便安排

155

他任供给处仓库主任。

1939年11月3日,日军独立混成第二旅一部,由涞源城出动扫荡,被八路军歼灭于雁宿崖。杨司令员判断,鬼子将大规模报复,遂请示上级获准,集中了晋察冀军区部队及一二〇师特务团等部兵力,设伏黄土岭,计划诱歼敌军。

战斗打响前,一名连长带人来供给处仓库领棉大衣。他们将设伏在最前沿的阵地上。北方天气,夜晚苦寒。这个连长不是别人,是钟石生。这天傍晚,夕阳西下,寒风呼啸。钟连长带着一个班的战士突然来到仓库所在地。邱禄贵喜出望外,二话不说,把钟连长拽到屋角,掏出大半瓶苞谷烧酒,你一口我一口,喝了个精光。

"阿贵,老伤咋样?"

"这不,搞两口,通经活血。"

"有大行动。"

"晓得。"

"我们连,要吃肥肉。"

"尖刀连嘛。"

"我们来领棉大衣。"

"有,有,被服厂刚刚送来入库的。尖刀连的,耳朵就是灵通。"

"老伙计,给我一百二十八套。"

"好嘞。批条。"

"没有。口头命令,司令员特批的。"

"不行!"

"咋不行?问问老杨嘛。"

"石头，你去补批条，我立马安排出仓。"

"来不及啦！天亮前，我们连必须赶到设伏地点。"

"没有批条，一件也不能给。"

"真的不能？就连我也不能给吗？"

"不行，绝对不行，天王老子也不行！这是铁的制度！"

"好啊，阿贵呀阿贵，你可给我记住喽！"

钟连长带着人马气呼呼地走了。邱禄贵对身边的战士说："他是我的救命恩人呢，没有办法，制度就是制度嘛。"

两天后，黄土岭战斗结束，八路军歼灭鬼子九百多人，击毙日军"名将之花"阿部规秀。

钟连长牺牲了。邱禄贵赶到战场，脱下棉大衣，换下石头身上都血迹斑斑的破旧军装，一直珍藏着。

听完故事，我说："回城吧！"

车行山路。夕阳映照的山冈上，有一树一树的杜鹃花开放，迎风摇曳。

妙笔鉴赏

这不是一件普通的棉大衣。老红军战士邱禄贵坚持原则、廉洁奉公，按照制度办事，坚决不让救命恩人钟石生的尖刀连领走棉大衣，理由是没有上级首长的批条。后来，钟连长牺牲了，邱禄贵一直珍藏着钟连长的旧棉大衣。作品成功塑造了一位坚持原则、铁面无私，又有血有肉的老英雄形象，感人肺腑。

葵花秆里的高粱米

○于 博

大青山脚下的二佐屯有很多黑土地，黑土地上长着成片成片的高粱。春天是不变的绿地毯，夏天是茂密的青纱帐，秋天是一片火把的海洋。爷爷小时候就钻高粱地，那是玩耍；长大了也钻，那是和凤芝谈恋爱；农忙时钻，那是收获；不忙时也钻，那是干一件惊天大事。

"九一八"以后，大青山来了日本兵，肩膀上扛着枪，挑着膏药旗。大青山被占了，二佐被占了，高粱地也被占了。以前不起眼的高粱米一下子珍贵起来，被鬼子上了"米谷管理法"。"这是什么世道！老子吃自己种的、长在自己地上的高粱米还犯法了？"爷爷狠狠地骂着。奶奶（就是那个凤芝）拽了一下爷爷："小点声，屯子里有狗。"爷爷一跺脚，呸了一声，又钻进了高粱地。

高粱地那头是大青山。大青山里头有一群汉子，他们专门揍日本鬼子和伪满洲国的"狗"。不知道从什么时候开始，也不知道因为什么，爷爷和这群汉子走到了一起。不单是爷爷，二佐屯有不少人和爷爷一样，都成了大青山那群汉子的朋友。

高粱收获了，鬼子在伪满洲国警察王大牙的带领下，挨家挨户摊派交粮任务。爷爷心里上火了。他知道山里那群汉子吃的是啥。人是铁，饭是钢，一顿不吃饿得慌。何况好几天不吃？

爷爷和奶奶开始勒紧裤腰带，把每天省下来的高粱米藏起来，寻找机会送进大青山。但是藏粮是个危险的活，甚至可能掉脑袋。比如住在爷爷后院的王大力，就因为藏了二斤高粱米，被鬼子带走了，听说去绥棱修炮楼了。王大牙说，这是轻的，要是超过二斤，脑袋就搬家了。

爷爷把省下来的高粱米藏在了烟囱桥里，也就是土炕与墙外的烟囱连接的地方，可以说这是个极其隐蔽的地方。但是王大力的二斤高粱米就是在他们家的烟囱桥里被发现的。于是鬼子疯了，说要挨家挨户地扒烟囱桥，甚至连烟囱也不放过。

爷爷"吧嗒"着旱烟袋，想了一个时辰，紧绷的脸上终于露出了笑容。他说："凤芝，把那块油布拿出来。"油布是棉布刷上一层桐油，防水，是太爷从关里逃荒时带来的。爷爷把装好的高粱米用油布包好，绑块石头沉进了南沟子。

10月，秋风起，雁南飞，天凉了。爷爷在中午太阳照着头顶的时候，下水去摸那坠着石头的高粱米。奶奶慢慢地弯下腰，把双手拢在嘴上，小声问："在不？"爷爷警觉地四处瞅瞅，一只手掩住嘴，拉着长声回答："在呢！"奶奶笑着用手揉搓着隆起的肚子，缓缓地直起身。突然，奶奶脸上的肌肉僵硬起来，目光惊愕。爷爷抬起头，也慌了神——王大牙领着两个日本兵不知什么时候站在了沟子旁。

王大牙的眼睛里明显带着眼馋的色彩，目光在奶奶的肚子上停留了几秒钟，然后恋恋不舍地移开，像箭一样射向了水里的爷爷：

"于老三,你在水里干啥呢?"爷爷没回答,手臂在水面上来回滑动,仿佛一把杀猪的刀在切割着猪肉。日本兵横起枪,"哇啦哇啦"地叫着。爷爷正准备慢慢把手臂从水里伸出来,"哗啦"一下,日本兵一下子单膝跪地,拉开枪栓。王大牙紧张地喊:"于老三,你快上来,别找不自在!"爷爷冲着王大牙一笑,手从水里露出,迅速上举。只见爷爷手里紧紧地攥着一条活蹦乱跳的大鲤鱼。阳光下,鱼儿摇头摆尾,水珠子乱跳。

"哟西,鱼,大大的好。"日本兵收起枪,冲爷爷摆手,示意爷爷把鱼送上来。

爷爷回到家里,还是担心南沟子里的高粱米。怎么才能做到万无一失呢?爷爷披衣到院子里溜达,想开阔一下思路。柔和的月光如水一般倾泻下来,院子、园子里反射着水一样的清辉。突然,爷爷的目光停留在收割后的一堆葵花秆上。他一拍大腿,脸上写满了兴奋和激动。趁着夜色,他把那包藏在南沟子里的高粱米捞了出来。

爷爷和奶奶把一小捆葵花秆抱进屋里,用柳条把里面的瓢子捅出来,然后把高粱米灌进去,两头再用瓢子塞上。大清早,爷爷和奶奶就把有窟窿的障子用葵花秆夹好。两只麻雀在葵花秆上蹦来蹦去,隔着窗户,爷爷和奶奶看着这一切,抿着嘴乐。

高粱米长在葵花秆里,这绝对是个机密。没几天,二佐屯几户堡垒户也知道了这个方法,因此他们也在夹障子的葵花秆里藏了高粱米。用葵花秆夹障子,在大青山脚下是最平常不过的事了,所以王大牙和鬼子永远也破解不了这个秘密。

长在葵花秆里的高粱米,在一个风雪之夜进了大青山,那久违的米香飘荡在山坳,那葵花秆让密林里的篝火格外旺。

★ 远逝的雄鹰

妙笔鉴赏

　　日寇占领大青山二佐屯之后，强制推行"米谷管理法"，严格控制粮食。"我"爷爷奶奶与鬼子、汉奸斗智斗勇，巧妙地将高粱米藏在葵花秆里，在一个风雪之夜送进大青山，接济抗日武装。作品具有浓郁的地域特色，语言生动活泼，人物可亲可敬。

医 者

○蓝 月

她退休在家，平时喜欢刷微信。她最喜欢看的还是她上班时的院区群。

江城突然暴发的疫情牵动着她的心。

这几天，群里面一直有医务人员驰援江城的消息，她看得热泪盈眶，又隐隐担忧。

群里又发出了一张相片，本院五名医务人员驰援江城。

她看到了一张阳光的青春洋溢的脸，不禁心跳骤然加速。她赶紧戴上老花镜，将相片放大，果然是女儿欣欣。

这丫头，怎么也不和我商量一下！她心里恼怒起来，打开手机通讯录，摁下女儿的电话。

"对不起，您拨打的电话已关机……"

不行，一定不能让女儿去！她穿好衣服、戴上口罩，直奔医院，又急匆匆地进了院长办公室。

院长看见她，笑着伸出了大拇指，说："好样的！"

"我……我想……"她有点不好意思说了。

"你不会也想报名吧？你退休了，从年龄上说，也不适合去了。俞欣欣同志已经飞往江城,你就安心在家吧!非常时期,我就不留你了,尽量在家,减少出门。"院长为她打开了门。

她不知道自己是怎么回到家的。一进家门,她的眼睛就不由自主地看向床头柜上的相片。相片是她和丈夫、女儿的合影,丈夫笑容灿烂,一手抱着女儿,一手揽着她的腰,她靠在丈夫怀里,一脸幸福。

她至今还记得第一次与丈夫见面的情景。

当年她是医院的护士,后来分配到胸外科,认识了她的丈夫——当年的胸外科副主任医师俞飞。

那时候刚好是冬天,俞飞爽朗地笑着,说:"欢迎你,美丽的天使。"然后热情地伸手握住了她冰凉的手。

她不禁脸红了,在被握住手的刹那,她的心莫名地颤动了一下,那只温热的手掌竟然绵若无骨,却又分明有着无穷的力量。

后来的工作中,她见证了他那双手的力量,一位位病患在他那双手下恢复健康,她越来越崇拜他。有一天,她终于鼓足勇气,红着脸轻声说:"你的手真神奇。"

俞飞调皮地一笑,伸出手,说:"你要是喜欢,那就送你啦!"原来,俞飞也早就喜欢上了她这个爱脸红的小护士。

结婚第二年,他们有了可爱的女儿,取名"欣欣",寓意"欣欣向荣"。

女儿五岁的时候,"非典"暴发。丈夫对她说,他要去疫情一线,上级已经批准,马上出发。她顿时急了,说:"你为什么事先不和我商量?我也要去,你到哪里我就到哪里。"

丈夫伸手拉住了她的手,严肃地说:"我不事先和你说,就是因为我知道你一定会提出跟我一起去，但你必须留在家里照顾我们的女儿。你和女儿好好的，我才能安心在那边抢救病人。听话，等我回来。"

她流着泪，点了点头，开始为丈夫收拾行李。她知道丈夫决定的事情，是不会改变的。她喜欢丈夫，就是因为他的善良和担当。丈夫是天生的医者，她为丈夫自豪。

她在家照顾女儿，期盼丈夫早日归来，但是丈夫因劳累过度，倒在了第一线。

得到消息，她的天崩塌了，当场昏倒。

迷迷糊糊中，她看到了丈夫。丈夫说："坚强起来，照顾好自己，照顾好女儿。你的丈夫是一位医生，从我当上医生的那一天起，我的生命就已经献给了这个职业。"

"是啊，你是一名优秀的医生，可你还是我的丈夫，我们女儿的爸爸啊！"她泪流满面地大喊着，伸出手，想再次握住丈夫的手，却握住了一双软绵绵、热乎乎的小手，是女儿的手。

她抱住女儿，泣不成声。

女儿乖巧懂事，一天天长大，直到女儿十岁的时候，她才告诉女儿有关父亲的一切。

女儿听了以后，抿紧了小嘴，硬是把眼泪憋了回去。她说："妈妈，我的爸爸是伟大的爸爸，我长大后也要当医生。"

她听了女儿的话，心中五味杂陈，不知道该欣慰还是该反对，她想，丈夫一定希望女儿当医生的。

女儿真的考上了医科大学，而且也进了她和丈夫曾工作过的医院，成了一名呼吸内科医生。女儿完美地继承了她父亲的基因，工作负责且出色。

但她的内心依然忐忑,看到合影里丈夫赞许的目光,她又感到踏实下来,微笑爬上了脸颊。

可是今天,她看着丈夫,眼泪忍不住涌出来。她捧起相片,哽咽着说:"对不起,我没有看好我们的女儿。她,她也去疫情一线了,我知道,你一定会说应该去,可是我真的好担心……"

手机响了,是女儿。

她赶紧接听电话。

"喂,老妈,我到江城了……"欣欣欢快的声音从电话里传出来。

"你为什么事先不和妈妈商量?"她对着电话大喊。

"妈妈,情况紧急啊!而且我知道你一定会支持我的。你怎么了?真的生我气了吗?"

听得出来,女儿开始担忧了。她不由得心疼起来。

她尽量让自己的声音放轻柔、放平静,说:"好了,下不为例,你要好好照顾自己。还有,你答应妈妈,一定要平安归来!"

"我保证,我一定会平安归来!我要去医院了,妈妈保重。"女儿挂了电话。

她再次把合影捧起来,捂在胸口。她分明听到了三颗心脏在有力地跳动着。

妙笔鉴赏

　　作者将笔触深入一个医护家庭，层层铺开，两代医者前仆后继接力奉献的故事，感人至深。其实，医生也是平凡之人，也是普通家庭中的一员，也需要家庭的天伦之乐，也需要必要的"安全感"。然而，在祖国和人民发出召唤的时候，他们义无反顾地奔赴疫情一线，让人肃然起敬。

让我来陪你

○朱红娜

终于找到他了,终于可以见他了。丘娅妹看到信的那一刻,如少女见到意中人般心如鹿撞,她用手压住心脏,努力不让它跳出来。

心跳平复了,眼泪却像开闸的河水,汹涌而下。这积攒了六十年的泪水,早已发酵出了酸、咸、苦、辣各种味道。丘娅妹没有控制自己,尽情让眼泪肆意奔涌。

泪眼蒙眬中,六十年前的情景清晰再现。

朱红的轿子刚刚停在吴谦家门前,锣鼓声刚响起,就见一支荷枪实弹的队伍由远而近,恰似为丘娅妹的婚礼助威。而她万万想不到,这一偶遇,彻底改变了她的命运。夫君没有急着掀开轿帘,而是全神注视队伍,神情激动。待丘娅妹自己下轿来,夫君才回过神来。丘娅妹不知道,仅仅一瞬间,夫君的魂就被队伍勾走了。

吴谦引领娅妹到洞房。洞房里,大红的被子鲜艳夺目,两支点燃的蜡烛正红,娅妹双颊绯红,她期待这一天已经很久了。他们两家是世代之交,两人可谓青梅竹马。

娅妹羞涩着,微笑着,等着夫君靠近。吴谦捧起娅妹的脸,一脸严肃,说:"娅妹,对不起了。"娅妹知道,夫君心意已决。夫君等这一天也等了很久。很久很久以前,吴谦还是个小男孩时,曾经对她说过要去参军。只是造化弄人,他竟选择了这一天。

"去多久?"

"胜利了就回来,应该很快。"

"什么时候走?"

"马上就走,还能追上队伍。"

娅妹一把抱住夫君,紧紧地,生怕一松手,夫君就要飞走。

也仅仅一瞬间,她便淡定了下来。她知道,夫君要去完成他的心愿,她不但不能阻拦他,还要帮助他。她平静地对他说:"你走吧,我等你回来。"

夫君吻了一下娅妹,一转身,消失在娅妹的视线里。

这一消失,他们便再未相见。

娅妹一直在等。战争胜利了,中国解放了。当年一起参军的有的牺牲了,有的回来了,有的当官了,唯独吴谦杳无音信。

有人说他牺牲了,有人说他叛变了,有人说他变心了。她不信。她每天为他祈福,相信他没有牺牲;他从小接受革命教育,不会叛变;他对她情深意长,更不会变心。

但是他依然没有回来,一年,十年,二十年,三十年,六十年。

她依然等他。他是家里的独子,婆婆长吁短叹,说:"娅妹,吴家对不起你,你另择良家吧。你有婚嫁之名,无夫妻之实,别人不会嫌弃。"

娅妹说:"我生是吴家人,死是吴家鬼,您别赶我走。"

婆婆泪如雨下。

大姑子出嫁了,小姑子出嫁了,婆婆走了,公公走了。空荡荡的屋子，娅妹一个人守着，她的大门要随时为吴谦敞开。

由于吴谦下落不明，娅妹没有烈属补助，生活捉襟见肘。

媒婆上门了，今天介绍一个工人，明天介绍一个老师，都能保证她生活无忧。但媒婆来一次被她赶一次。媒婆再次来的时候，说有个退伍军人，在供销社上班，适合她。

她终于答应见面。一见面，她问男人："你见过吴谦吗？"

男人摇头。

"你听说过吴谦吗？"

男人又摇头。

她起身走了。男人说："莫名其妙！"

媒婆再不上门。

她一次次找部队，找当地武装部，找所有认识的、不认识的参过军的人。她就不信一个大活人会如石沉大海一般，杳无音信。

一次次无果，一次次失落，一次次重新出发。

一年，十年，二十年，三十年，六十年。

日子在脸上的皱纹里深陷，苦涩在头上的白发上凝结。希望蹒跚着，越来越渺茫。

终于，她收到了当地武装部门寄来的一封信：吴谦找到了！

她去发廊染了头发，穿上结婚时穿的衣服，往脸上扑了些粉，抹了些胭脂，她感觉自己回到了六十年前。她随武装部的同志出发，坐火车，转汽车，两天两夜，从北到南，终于到了一个英雄纪念园。在纪念碑上，她在两百多个名字中，一眼就看到了吴谦的名字。她抚摸着名字，就像抚摸着夫君本人，久久不愿松手。

吴谦，我来看你了。娅妹把鲜花放在纪念碑前，深深地鞠了三个躬。此刻,她没有泪水,没有心脏狂跳。她如放下了一副重担,全身轻松。

纪念园的工作人员告诉她,吴谦应该是和原部队走散后,加入了另一支部队,后来在一次战斗中牺牲,因为没有资料档案,找不到户籍。

其实,她知道他早已牺牲,只是他一直活在她的心里。她一直对他说:"我一定要找到你,让我来陪你。"

这一年,是2006年。那一年,是1946年。

妙笔鉴赏

1946年,新婚之夜,新郎吴谦跟随革命队伍走了,他承诺新娘,胜利了就回来。新娘丘娅妹在家乡默默等待了六十年。在南方的一处烈士陵园的纪念碑上,丘娅妹找到了吴谦的名字。这是一篇时间跨度超过半个世纪的作品,作者以娴熟的文笔、真挚的感情,塑造了一位忠贞而坚韧的女性形象,令人感动。

★ 远逝的雄鹰

黎 明

○迟占勇

"三丫她娘！三丫她娘！你听听，外面好像有动静啊？"

这一阵儿没睡过安稳觉，痛苦始终折磨着我，我刚打了个盹儿，就被婆婆推醒了。

我披衣推开院门，就见一群当兵的正陆续躺在地上。

"咱们的军队！"我兴奋地转回屋，告诉婆婆。

"老乡，吵着你们了吧？我们路过这儿，休息一下。你们继续休息。大家肃静一下，别吵着老乡们啊。"一个中年军人走过来。

"你看看，到了家了，就进屋休息！哪能在露天地儿睡觉！"婆婆说。

"不行啊，大娘，我们有纪律呢。"

"那……三丫她娘，去，把西屋的那几床被子拿出来，给孩子们盖上。这咋行啊？"

婆婆爱惜地看着躺在地上的战士。一个小战士，也就十七八岁的样子，站了起来："大娘，打扰您休息了。我们不用被子，习惯了。"

婆婆捏捏小战士单薄的衣角，抚摩着小战士还很单薄的肩膀

171

说:"我的三儿子,和你一样大呢,也当兵去了,一年了,也没个信儿!"

小战士说:"大娘,打完仗,他就回来了。您别惦记,您就把我们当您的儿子吧。"

婆婆哭了:"快些打完仗吧。打完仗,就好了啊。"

我心头一阵疼痛,我那三兄弟,去年打隆化时,就牺牲了……我该咋告诉婆婆呢?

这一夜,我和婆婆再也没睡着。

刚鸡叫,战士们就悄悄地出发了。我和婆婆把他们送到村口,就见许多老乡都出来了。初春的风,微微地轻抚着大家睡意蒙眬的脸,人们的心里,暖暖的。

"回吧,老乡!"战士们频频向老乡们招手,然后消失在遥远的东方。

那里,已经显出鱼肚白了。

天,就快亮了。

妙笔鉴赏

故事发生在解放战争时期,小说通过"夜宿不扰民"的片段,深刻地反映了解放军战士严格遵守革命纪律的自觉性。婆婆和小战士的对话,体现了军民亲如一家的深情厚谊。"加强纪律性,革命无不胜。"是的,东方已经显出鱼肚白。天,就快亮了。

推 动

○郑武文

1948年6月，麦子即将成熟，大雨却接连不断，农民心里焦灼不安，不知能否吃到今年的新麦。

青州市闵家庄的街道上，一位个头高大、器宇轩昂的军人，倒背了双手，同样满面愁容地徘徊。

远处一位推车的老人步履维艰地往前走着。泥泞的道路让他的车轮沾满了黄泥，他每走一步都得使出浑身的力气。

走到军人身边的时候，老人用力跺了跺脚，不巧的是，这一跺正好踩在水洼里，泥水溅了走在旁边的军人一身。军人旁边的小战士急忙指责老人："你这个老乡，怎么不看着点呢？你看……"

军人急忙制止了小战士，帮着老人扶了扶车子，又用一根小棒给老人刮了刮车轮，才用他浓重的四川口音问道："老乡啊，这么难走的路，你推着这一车柴火干啥子嘛？"

老人说："老总，你真是站着说话不腰疼。这大雨都下了十来天了，家里是一点干柴火也没有了，你总不能让我们吃生的吧？这不，去姑爷家借点柴火做饭啊！"

军人哈哈大笑："老人家说得对，我们是为人民服务的，可我犯了官僚主义错误,也不调查就胡乱发言。"

军人在前面拉着,小战士在后面帮着推着,三人带着一车柴火艰难行走。

军人一边走一边跟老人聊天:"老人家,您贵姓啊?"

老人说:"咱这是闵家庄,大多数人都姓闵,老汉我也姓闵。"

军人说:"姓闵好啊,圣人之后,闵子骞孝敬继母的故事都写进《二十四孝》了。你们姓闵的辈分排序是和孔孟一样的……"

老人说:"都说当兵的粗鲁,啥也不懂,老总你倒是懂得挺多啊!"

军人说:"老乡,咱们是同志,不讲旧社会那一套,咱彼此称呼同志就行。"

他们边聊边走,不觉就到了闵老汉门前。军人说:"闵大哥,您到家了,我们也该回去了,再见!"

见军人和小战士溅得一身泥,老闵不好意思地说:"这回可是多亏你了,同……志。否则,我可真是推不回来。"

军人爽朗地大笑:"都是一家人,不用客气。"

回到家,老闵的老伴儿惊讶地问:"老头子,满大街都是泥,这么一车柴火,你是怎么推回来的?"

老闵说:"这次可多亏了两个当兵的帮忙,要不我自己可办不到。我还弄了人家一身泥呢!"

老伴说:"当兵的可不好惹,特别是当官的。那年邻村一个姓马的就因为溅了一个当官的一身水,被当成八路拉到弥河滩活埋了,惨啊!哎,你今天碰见的是当兵的还是当官的?"

老闵说:"我看他也像个当官的,不过听他自己说是个什么夫。"

老伴说:"可能是个伙夫吧,这倒不要紧。"

两个人说了一阵闲话,老伴说:"我还是不放心,就是伙夫,你说咱得罪了他,我也怕他欺负咱。要不咱先拿点东西去感谢一下人家?就是当兵的,也不会打笑脸人吧?"

老闵抽了一袋烟,说:"也是。人家给我帮忙,我说话还光呛人家。家里还有点红枣、花生,咱去谢他一下,免得找咱麻烦。"

两个人拿好东西急忙出门,来到部队所在地。门口的警卫却拦住了老两口,问道:"你们找谁?"

老伴说:"我们找你们这里的伙夫。"

警卫说:"伙夫?什么样的伙夫?"

老闵说:"个子高高大大的,留着洋头,操着一口四川口音……"

警卫说:"我们这里没有这样的伙夫,你们到别处去找找吧。"

这时候,院子里传来爽朗的说话声:"哪个要找伙夫啊?这不是老闵大哥嘛?找伙夫啥子事情嘛?"

老闵说:"这不就是那伙夫同志吗?你们还说没有。"

警卫回头,"啪"地打了一个敬礼:"陈老总好!"

老闵两口子张大了嘴巴:"您是陈老总啊?我的那个天,这可是最大的官。俺这命还能保住吗?"

陈老总说:"老闵大哥啊,啥就保不住命啊?快屋里请!警卫员,给闵哥闵嫂倒水。"

欢声笑语中,陈老总问:"我想知道你们是怎么认定我是伙夫的?"

老闵羞涩地说:"你不是说你是什么夫。我老伴猜的。"

陈老总说："我说过自己是什么夫吗？我不记得啊。"

警卫员说："您说我们是为人民服务的。"

老闵说："是是是，您就是这么说的。新词俺也不懂，只记得有个服……"大家一起哈哈大笑。

几个月后，淮海战役打响，闵家庄、赤涧等附近村庄人人出动，推着独轮车，抬着门板，会合到千千万万的支前大军里。而最前面，推着插着红旗的车子的，就是闵老汉，他的后面是他的儿子、女婿、亲戚和邻舍。

妙笔鉴赏

本文题为《推动》，可谓一语双关。表面的一层意思是"现场实录"，陈老总热心帮助老乡闵大哥"推动"装满柴火的小车，义务为老百姓做好事；另一层深意则是我军高级将领牢记"为人民服务"的宗旨，赢得了老百姓的拥护和爱戴。作品语言平实，故事一波三折，人物形象各具个性，对话生动、接地气，成功地艺术再现了一位"儒将"平易近人、和蔼可亲的形象。

后　记

　　何谓"红色小小说"？

　　我们在"红色小小说精品书系"征稿启事中，明确指出：一是在报刊公开发表过的革命斗争题材的小小说；二是在报刊公开发表过的体现革命者高风亮节的小小说。在这里，我们强调了一个主题词：革命者。那么，何谓"革命者"？根据人民英雄纪念碑的碑文内容，可以将"革命者"定义为：为争取民族独立和人民自由幸福而奋斗的人。

　　很明显，我们理解的"红色小小说"，就是反映革命者的奋斗历程，反映革命者的高风亮节的小小说。

　　概念明晰了，我们便开始对两千多篇来稿进行精选。面对大量来稿，我们为作者对"红色小小说"创作的高度热情及他们对我们的充分信任而深深感动，在此，谨表示由衷的谢忱。

　　据了解，选编出版"红色小小说精品书系"，在全国尚属首次。福建少年儿童出版社如此委本人以主编重任，一是因为我们有过成功的合作经验，二是因为本人多年从事"红色文学"创作，由本人任总编导兼总撰稿的《八闽开国将军》（五十集，一千分钟）是"国家重大理论文献电视片"，被审片专家们誉为"半部军史，英雄史诗"。

　　要想做好"红色小小说精品书系"的选编工作，质量是关键。

我们坚持以下三个原则：一是"取大优先"。一篇稿子，看它发表在哪个层次的报刊上，入选哪个层次的选刊、选本，获得哪个层次的奖项，入选哪个层次的语文试卷、试卷使用范围多广、时间多长、教育界普遍反映如何……综合得分越高越好。二是统筹兼顾。主要考虑同一作者的优质稿应适当分散开来，同一题材、类型、内容的优质稿应合理取舍，各历史阶段、各省（区、市）地域特征明显的优质稿应系统编排。三是精心撰写"妙笔鉴赏"。文学作品赏析，向来见仁见智。"妙笔鉴赏"，妙笔，指作品之妙笔。本人主要从作品"最打动读者心灵"之处入手，结合本人多年小小说创作实践，夹叙夹议，不求全面深刻，但求客观理性、真情实感。

相当一部分来稿质量很好，但因体例或题材等缘故，未能入选。在此，编者在感谢作者信任、支持的同时，深表歉意。

由于我们水平有限，经验欠缺，时间仓促，书中难免有不如人意之处，期待读者朋友们批评指正。

练建安

图书在版编目(CIP)数据

远逝的雄鹰 / 练建安主编 . —福州 : 福建少年儿童出版社, 2023.4

（红色小小说精品书系）

ISBN 978-7-5395-8124-8

Ⅰ.①远… Ⅱ.①练… Ⅲ.①小小说—小说集—中国—当代Ⅳ.① I247.82

中国国家版本馆 CIP 数据核字（2023）第 024154 号

红色小小说精品书系

远逝的雄鹰

主编：练建安
出版发行：福建少年儿童出版社
http://www.fjcp.com　e-mail:fcph@fjcp.com
社址：福州市东水路 76 号 17 层（邮编：350001）
经销：福建新华发行（集团）有限责任公司
印刷：福建省地质印刷厂
地址：福州市金山浦上工业园区红江路 C 区 17 幢
开本：670 毫米×890 毫米　1/16
字数：132 千字
印张：11.75
版次：2023 年 4 月第 1 版
印次：2023 年 4 月第 1 次印刷
ISBN 978-7-5395-8124-8
定价：25.00 元

如有印、装质量问题，影响阅读，请直接与承印者联系调换。
联系电话：0591-83051792